乡愁文丛　王剑冰　主编

回故乡记

孙　苏　著

中原出版传媒集团
大地传媒

大象出版社
·郑州·

图书在版编目(CIP)数据

回故乡记 / 孙苏著.— 郑州 ：大象出版社，
2017. 5
(乡愁文丛 / 王剑冰主编)
ISBN 978-7-5347-9218-2

Ⅰ. ①回… Ⅱ. ①孙… Ⅲ. ①随笔—作品集—中国—
当代 Ⅳ. ①I267. 1

中国版本图书馆 CIP 数据核字(2017)第 072856 号

乡愁文丛
王剑冰 主编
回故乡记
孙 苏 编

出 版 人 王刘纯
策　　划 王刘纯
责任编辑 王晓宁 杨 兰
责任校对 裴红燕 安德华
装帧设计 王莉娟

出版发行 大象出版社(郑州市开元路 16 号 邮政编码 450044)
发行科 0371-63863551 总编室 0371-65597936
网　　址 www.daxiang.cn
印　　刷 北京汇林印务有限公司
经　　销 各地新华书店经销
开　　本 787mm×1092mm 1/16
印　　张 15.75
字　　数 154 千字
版　　次 2017 年 5 月第 1 版 2017 年 5 月第 1 次印刷
定　　价 35.00 元

若发现印、装质量问题，影响阅读，请与承印厂联系调换。
印厂地址 北京市大兴区黄村镇南六环磁各庄立交桥南 200 米(中轴路东侧)
邮政编码 102600 电话 010-61264834

找得到灵魂家园，记得住美丽乡愁

——“乡愁文丛”总序

王剑冰

我们强调保护中国的传统文化，而传统文化当中就有乡愁。乡愁是中国人热爱家乡、牵念故里的独特情结，是一种美好自然的文化观念。社会越是变化、越是浮躁，这种情结就越显珍贵。乡愁也是一种寻根意识，记住乡愁，记住美好的童年，记住美好的向往，也便是铭记我们的根本。

我们每个人都是故乡的一片叶子，这片叶子无论飘落多远，都无法摆脱大树对于叶子的意义。一个人的身上总有着故乡的脉络，流着故乡的血，带着永远不可改变的DNA。一个个的人也可以说是一个个村子的化身，他们走出去，分散得到处都是，却不会把村子走失。

说起乡愁，那是一种与生俱在的情怀，住在心中的故乡常常鲜活在那里。故乡是安放你的灵魂、温暖你的寂冷的地方，是接纳你的疲惫、抚慰你的忧伤的地方。翻开一页页被繁忙弄乱的过往，记忆中的余香总在儿时的故乡。那里有我们最亲密的玩伴、最爱吃的食物、最漂亮的衣衫、最天真的憧憬。而芬芳入梦的，多是亲人亲切的面容与温馨的相聚场面。那些亲人或已故去，或还在乡里。现在多数人对故乡的感觉同对年节的感觉一样，那种热闹团圆、香气弥漫的味道是乡情中最重要的部分。“每逢佳节倍思亲”，所以归乡最多的时刻是年节，带着满满的怀想、满满的辛苦，万水千山相携于途，构成最为壮阔的乡愁景观。古往今来，人们因为各种缘由漂泊在外，但总是要找机会赶回故里。金圣叹曾列举“不亦快哉”之事，其一即是“久客得归，望见郭门，两岸童妇，皆作故乡之声”。然而他们的欢喜中又带着那种“近乡情更怯，不敢问来人”的复杂心理。漫长的时光已然流逝，乡愁的话题始终没有停息，情怀早已渗透于诗歌典章，直至后来，还有余光中、三毛、席慕蓉不约而同地同题《乡愁》。

诚然，远在故乡之外的游子，生发的多为眷念之情，即使老杜有“漫卷诗书喜欲狂”“便下襄阳向洛阳”的返乡之举，回到家乡也还是要再出去，因“莼鲈之思”而辞官归返的张季鹰毕竟是少数。还有，余光中的《乡愁》或代表了一些人对于故乡的认知，那就是故乡即是母亲（或双亲）的代名，对于故乡的怀念即是对于母亲的怀念，回故乡即是为了看母亲，母亲不在了，故乡的概念便模糊起来。随着生活的变化，有人也不可避免地遇到了回乡的矛盾，记忆与现实发生了冲突，那种期待值与仪式感渐渐折损，许多美好已然变成了永久的追忆。所以有人会说："我是真的爱家乡，不过爱的可能是记忆里的家乡。"确实，没有一成不变的事物，这是时间所带来的不可逆转的事实。然而不可逆转的还有那份强烈的牵绊，永恒的顾念并未因此而中辍，情感的执拗还是同那些疏离与怨怼扯断了关联。生生不息地以文字表达出来的乡愁，也成为中国文学中一个特有的传统。

作家们大都已离开生养自己的故土，但我们却能看出那种深深的乡愁情结，这其中有写生养自己的故乡的，也有写生活过的第二、第三故乡的，还有赞美如故知的他乡的。文丛中，地域山水皆有代表，民俗风情各具特色，多方位地展现出人与历史、人与环境的关系，彰显对亲人故土的真挚情怀以及对世态人生的深切感慨，给我们带来亲近，带来回味，带来启迪，让我们感受到温馨而深挚、苍郁而辽阔的文字力量。

我们说，在意乡俗年节，提倡尊崇温情，爱护碧水蓝天，留住美好记忆，是和谐社会建设的内容之一，也是复兴民族文化的核心之一。这样会把我们赖以生存的环境保护和建设得愈加贴近期待与理想，也会使我们愈加容易找得到灵魂家园、记得住美丽乡愁。大象出版社倾心打造这样一套阵容壮观的“乡愁文丛”，就是带有这样的初衷。该文丛是具有欣赏性、研究性、珍藏性的文学工程，也是一种文化的记忆与期望。“故乡今夜思千里，霜鬓明朝又一年。”随着时间的挥手远去，这种记忆与期望会愈加显现出它的意义。

2017 年初春

目 录

亲朋记情

老家记识

故里记趣

战争记忆

人的记忆是从什么年龄开始的呢？确切的时间常常让人回答不上来。如同社会历史的标记都是大事件一样，人的记忆也是一件件的事情。所以，我们家乡的人把孩子记忆开始的时间称作“记事儿的时候”。

我记事儿的时候，好像是从淮海大战开始的。大概是那场铁与血的战争太惊人了，那情景格外鲜明深刻地印在我的脑海里。我当时只有五六岁，我记住的，当然只是一些对孩子产生深刻影响的事情。

打仗就是天下大乱。这是爷爷告诉我的，也是作为小孩子对打仗的第一印象。早上起来，一下子全变了。清静的村庄快被不速之客撑破了。不知道哪里来了那么多陌生人，满街都是从没见过的车，村街上碾过来一辆辆绿色的大卡车，上头坐满了当兵的；慢慢爬行的坦克车，还有牛马驴骡拉的木头车，挤挤扛扛地开过来了。原来以为很大的村庄，忽然觉得小了，到处都是闹嚷嚷、乱糟糟的。我家里忽然住进了几十个当兵的。我们一家六七口人挤在一个屋子里。爷爷说打仗了，天下乱了。就是这样。

打仗就是不讲道理。这也是爷爷给我讲的，也是我对战争的另一个印象。我看见几个穿黄衣裳的，把我家门口一排六七棵大树都锯倒了。我去告诉爷爷，爷爷说别吭声，人家说是要搭浮桥，没理可讲了，给谁讲去？

打仗的日子，既是度日如年，又好像时间被压缩了。我只记得一个黄昏和一个早晨，然后就是漫漫的长夜。那个黄昏，我看见士兵们在搭浮桥，他们把坏了的车辆乃至马匹都垫在了河水里，残阳如血，河水有血，我心里恐惧，哭着去找爷爷。

漫漫长夜里，一家躲进一个红薯窖里，不能活动，饿也只能忍着，实在受不了，只能以残存的红薯充饥。耳朵里听到的全是爆炸的声音。各式各样枪炮的响声，此起彼伏。较远一些地方传来的，是打雷一样的炮弹爆炸声；较近一点的，是机关枪连射的声音。当然这些武器的名字都是我爷爷告诉我的。开始我们还能辨别出爆炸声东西南北的方向，后来就响成一锅粥，各种炮弹不分个儿地同时爆炸，难分方向了。就这样，也不知道响了多少个昼夜。最奇怪的是在村西边的官路上，有一排四五辆装满军火的军车，也一起点火爆炸，叭叭乒乓咚咚的爆炸声响了一天一夜。大人们说，中央军不中了，不战自溃，自我爆炸了。由于这种经验，日后的电影电视中，无论何等猛烈的音响、置景，都难以令我惊奇了。

全家在地窖里躲了多久，我不知道。只觉得是一个长夜。天亮了，枪炮声突然停了，大人们说：“中央军跑了，仗打完了。”

然后，就是在村街上看见所谓中央军的俘虏队伍经过的邋遢相，盔歪甲斜，灰头土脸，破衣烂衫，松松垮垮，队伍很长很长，差不多过了一天，也许还多。与刚进村时大人们说的“五马长枪”“耀武扬威”完全翻了个个儿，后来读到“溃不成军”“一败涂地”这些词儿，常常想起那时的情景。

由于那时我还是个小孩，大人时刻领着，不能乱跑，战争带来的一堆奇险惨烈的故事，都成为笼统的记忆。倒是有个一眨眼工夫发生的事情，永远留在了我的记忆中。

那是仗刚打完那会儿，当军队和老百姓清理战场的时候，敌军还不时来空袭，到处投掷炸弹。我家的门前就留下了一两间房子那么大的弹坑。人们在欢庆胜利的时候，时时提防着敌人的疯狂报复。

有一天正是做午饭的时候，我和哥哥妹妹在屋山墙下玩琉璃蛋儿。说起这屋山墙，真是让人恨死了敌军。那是敌军溃逃的前夜，他们一把火烧毁了全村的房子，家家都是“家徒四壁”。我家七八间房子被烧得一间也没剩。但孩子总是要玩的，尽管紧张形势还没过去，我们兄妹还是抓住一点间隙就弹起琉璃蛋儿来。

妹妹才三四岁，她老是弹不好，不是弹不出去，就是弹得太远，不能命中目标。可有一次她一下弹出好远，我和哥一边埋怨她，一边去拣琉璃蛋儿，三个人在地上连跑带爬地追到院子里。

正当这时，只听“轰！轰！轰！”几声巨响，好像天塌下来了，吓得我们三个抱在一起趴在了地上，然后又爸呀妈呀地喊叫起来。过了好大一会儿，我们才敢睁开眼睛。一看，才知道，又是敌机扔下的炸弹爆炸了。

“万幸呀，万幸！”母亲跑过来拍打着我们身上的尘土喊叫起来，声音里充满着惊恐。

“怎么回事？”父亲大声地问道。

“你看！”母亲指着屋山墙下。原来炸弹的爆炸把屋山墙的大块焦土震塌下来，堆了一大堆，恰是我们兄妹三人刚才玩耍的地方。

“真是的！要不是我们刚才追那个琉璃蛋儿，俺三个都再也不会喊叫爸爸妈妈了。”哥哥眼里闪着泪花说着，手里揉着琉璃蛋儿，好像那玩意儿真的是救命的宝物一样。

母亲用左手往哥哥的头上轻轻地拍了一巴掌，右手扯着衣裳襟子擦了擦流出的泪。我知道，母亲的脑海里掠过了可怕的一幕。这泪，是因为庆幸而流出的又惊又喜的泪。

可是，正当我们一家人庆幸的时候，一个邻居向我们诉说了一桩刚刚发生的，令人悲痛的事。

大约正当我们在屋山墙下玩耍的时候，邻村的一位姓倪的农民看看屋里的饭还没“中”，就对老伴说，他要出去转悠一圈，看能不能捡点战利品，或者拾几泡粪。于是，他背起粪箕子顺着大路向我们村走来。当到我们村口的时候，那飞机上扔下的炸弹正落到他的头顶，一声巨响，人影儿不见了。后来，有人见到东南方向的一棵老树杈上挂着他的半拉毡帽，在村边的一堵墙上扔着他的一条腿，……真是惨极了。当他家老伴得知这噩耗的时候，嘴张着，眼瞪着，半天说不出话来，最后“哇”的一声哭起来，呼天抢地地骂着咒着：“你为什么偏要这会儿出去呢？你是想找死的吗？”

邻居慨叹道：“也是的，他这憨大胆，也怪他太贪心，偏偏赶上了！”

“都怨这该死的中央军！临死还作恶！”

“这是飞祸！碰上了，躲不及的！”

在场的大人们议论着。

“什么叫飞祸呢？”我插嘴问了一句。

“小孩子，说给你也不懂。玩你的去吧！”大人们说。

我好多年来总觉得这事有点蹊跷，像谜一样。在这一眨眼的工夫，我们兄妹三人因贪玩而避祸，那人却因贪点儿东西而遭祸。这是怎么回事呢？我想探索它的因果关系。长大了，我才知道，这事本没有什么深意的，一点儿也不神秘，只不过是战乱生活中的一种偶然现象而已。

大概总因这两件事具有强烈对比性，又是发生在同一瞬间的吧，它成了我记忆里程的鲜明标志。每当想起我所经历的淮海大战，我就立即想起了它；一想起它，我就想到我那时快到六岁了。

1983 年 6 月

进 山

我的家乡在豫、皖、苏边界，是一块大平原，方圆几百里都是一马平川，不要说山少，丘也不多。可在我们村子的北面，却有一座山。听大人们说，这山名叫宝贝山。有人纠正说，叫保安山。我长大了，才知道，它叫芒砀山或叫芒山。山不大，倒是挺有名的。它和《史记》以及小说《三国演义》《水浒传》等上面的名人大事，都有些瓜葛。

芒山离我们村子并不远，准确地说，只有七八公里。每天在村口桥头或田野小憩，朝北一看，那山的轮廓清晰极了。有眼尖的说，他能看见那山顶上的山神庙。逢雨后初霁的时刻，有人则说，他看见有人在山腰挂起来的小路上走路，胳膊一甩一甩的。

山这么近，为什么不去看看呢？我央求大人，带我进一次山。但在平地里生活的人们，对山怀有一种神秘和敬畏的心理。大人们说："望山跑死马。看着近，走路远着哩。一天也到不了地方，夜晚住哪儿呢？"作为孩子，一听这话，心就凉了，只能天天眼巴巴地望望山的大模样。

可是，急人的是，进过山的大孩子们，老是活灵活现地说："山里可神了，多少朝多少代的人，都住在那里。

"有位叫陈胜的，老百姓起事的头儿，就埋在那里。

“还有汉朝的开国皇帝刘邦起事时斩过一条蛇，那块地方长出来的葛芭草，像血一样的红呢，尽管两千年过去了，还是不变颜色，用铲子铲一茬，再长出来还是老样子。

“还有，一个山头上住过大花脸张飞。

“最神的，是有一个洞，是埋皇帝的墓，谁也不敢进，一进就出不来了。”

神奇的东西，是一种生命力极强的种子，一旦种进人的心田，任你怎样也挡不住它的生长，直到你揭开它的奥秘。儿童的心田，更是好奇的种子生长的沃壤，一旦让他们接收到神秘的信息，整个神经都激动起来了。这种激动，会引发出强烈的追求探索的欲望。

几个小伙伴经过好多次“碰头”，约定去山里看个究竟，并且邀请了一个进过山的大伙伴当向导。

在一个星期天，我们进山了。

一行动，我们就发现：受了大人们的骗了。什么“望山跑死马”哟，这山离我们村近得很嘛！也许因为我们走起路来一溜小跑，约莫有三节课的工夫，我们就来到了山脚下。

进山也不难。进了山，先拣有神怪的地方看。

我们像要考证传说故事中的真假似的，先去找蛇血染红的葛芭草。

在山间的一条路径上，果然见到了一片。

有个伙伴说，这算什么稀罕物呢！咱们在家割草喂牛时，也碰见过这种红颜色的葛芭草。

当向导的大伙伴说，这旁边的断石碑上写着呢，这里就是汉皇刘邦斩蛇的地方。大人们都说是这样的。

其实，我们那里的大人们极少有读过《史记》的，他们说这话的依据是传说故事。《史记》上说，刘邦以布衣提三尺剑取天下，路遇白帝子化为大蛇挡道，挥剑将其斩为两段。那地方在丰县西边不远的地方，后人称为斩蛇沟。但我们那里的人却相信刘邦斩蛇的地方就在这里。

不过，这本来都是传说，并无须、也不能够定准孰是孰非的。我们那时是孩子，只根据我们的经验来理解红颜色的葛芭草这种现象，全然不以为奇；对《史记》，对传说，对大人言，都不大理会了。

接着，我们去爬张飞寨。

听大人们说，张飞有一回在徐州打了败仗，跑到这里来避难，修了寨栅。我路上想着，大花脸张飞是一员虎将，他占山为王的山寨一定也修得牢固。

我们爬上张飞扎寨的那个山头，出了一身汗，觉得那山头真不低。不过，到山顶一看，又失望了：寨墙都是不大整齐的石头胡乱垒成的，一段一段的，有的塌了，寨墙也断断续续的。

有人怀疑地说，张飞的本领也不高，这样的寨墙咋能挡住箭，挡住人？大伙伴又来解释，这寨墙已经一两千年了，咋能不坏？再说，张飞离开这里时，他怕寨墙被敌人利用，放一把火烧了。张飞本就是粗中有细嘛！

我们的几个伙伴，那时谁也没有一点历史知识，没法争辩，也不会怀古，这些古迹，都留不住我们的脚步。大家很快从张飞寨下来了。

下山以后，我们在两棵白果树下停下来。

这白果树现在的学名叫银杏树，在科学家看来，是很主贵的了，那果子据说医药学家也很感兴趣。但使我们感兴趣的地方不在这里。我们先是惊叹于它的大，平原上很少见这么大的树，我们有三个小伙伴六条胳膊接起来搂着树身子量树的周长，都觉得它太粗了；再就是稀罕它结的果子，因为没见过，不知能不能吃。最后，我们决定每人捡一些带回去，让家里人看看再说。

看了这些以后，大家坐在树下休息。可我们又坐不住，几乎是不约而同地问："那个洞呢？快看洞吧！"

这是一个最神秘的处所了。向导领着我们朝着有洞的山腰爬去，大家兴致空前地高起来。

可到了洞口，大家停下来了。

进去不进去呢？进去出不来咋办呢？

大家商议着，但意见很快统一起来：不进，来山里干什么？

我们小心翼翼地进了洞口，一看，洞里有人，也是来游逛的，还有一位老人，心里轻松了些。

这洞倒不小，几十人也能容下。从洞口射进来的光线照亮洞口部分，人脸都看得很清楚。只是洞顶上时不时地滴下一滴滴水珠，钻进脖子里，凉得打激灵，平添了几分阴森。一时间，大家屏气敛息，都不吭声。有一位胆子小的，老是往后退，时不时回头看着洞口。

胆子大的伙伴带头往洞里面走去，一边走一边大声喊着，一来招呼大家，二来也为自己壮胆。只听他喊道："快来看，这里有条河，看看有鱼没有？"这一喊，大家的恐惧感消失了，你推我拥地挤过去了。

定睛一看，真的有条黑黝黝的水沟。看不清水有多深，偶有光点一闪，洞随着水沟往里延伸。带头的伙伴抬脚要跨过沟去。

“不能过！”一个年长的游客一把拽住了他，嘴里训斥道：“一过就回不来了！”

“咋啦？！”大家都惊疑地叫起来。

“过来过来，我告诉你们。”年长的游客把大家拉到洞口有亮光的地方，诡秘地说，“可不敢小看这条小沟，它叫黑水河。你看着好像只有一大步就能跨过去，可它是阳间与阴间、人与鬼的分界河。一跨过去，你再回过头来看，就变成没边没涯的大水了。”

“啊！……”

大家都吐了吐舌头，不知不觉把脚步抽了回来，很快爬出了洞口。

可我一直纳闷。出了洞，我扯住那位年长者的衣裳襟子，问道：“有人跨过去吗？要不，怎么知道回不来了呢？”

年长者很有把握地告诉我：“有哇！有人过去过。有一年，一个响器班子办完喜事路过这里，忽然天下大雨，他们进洞避雨。其中吹唢呐的胆子大，一步跨过了黑水河。他一过去，就发现回不来了，喊话这边也听不见。他只好吹起唢呐。唢呐一吹，大家以为是在召唤同伴，于是一个个都跨过去了。后来，这个响器班子一个人都没有回来。”

“那他们后来怎么样了呢？”有个伙伴入迷地问。

“他们成了阴间的响器班了。住在这山腰和山脚下的百姓，夏天在场地里睡觉，耳朵贴着地，常常能听见从很远很远的地方传来细细的唢呐声和鼓乐声呢。”

“啊哈！骗人！他们往哪里走？吃什么呢？”

“你是怎么知道的呢？”

一个小伙伴发出了一连串诘问。

“怎么会是骗人！千真万确。我是亲耳听我父亲说的。我父亲是亲耳听我爷说的。我爷是亲耳听俺村的老寿星说的。老寿星说他听他爷说的，他爷亲眼见过。”

那位年长者，郑重其事，一五一十地申说着。

我们哄地都笑了。我们中有个胆大的伙伴说：“下回再去，我一定跨过去试试。”

事实究竟是怎么回事呢？

这段神话般的故事，成了我们回程时一路议论的话题，神秘的疑团在每个小伙伴的脑海里盘桓。我也是好久都解不开这个谜。

当然，后来，这疑团有了解。原来这芒山是西汉梁国王陵群，那个洞是梁王刘武的墓葬，最早是被东汉时的起义军凿开的。墓葬本身有许多空间。什么吃饭的、练武的、娱乐的、养马的……大概也是要仿照人间的需要建一座阴间的王府。顺着黑水河往里去，环山可以通到山的另一面又一隐蔽的洞口。其之所以要造出黑水河不能跨越的神话，原来是要用迷信吓唬人们，以保护梁王的墓不受盗。现在已经开辟为芒山风景区的重要景观，人们在游览洞景时，可以任意跨越黑水河，不必担心有去路无回路了。

即使这样，每当我忆起这次进山的经历和这些传说故事的时候，心里总是会重新漾起孩提时代那种对新奇和神秘事物浓浓的追索兴趣，那魅力一点儿也不减弱。

1983年12月初稿，2009年改定

鸟情

清晨，在郊野，遇到一位老人，一双手提着两个鸟笼子，两只百灵鸟在笼里蹦着、跳着、叫着。

“鸟儿为啥要放在笼子里？”我问。

“不放，它要飞跑的。”养鸟人答，他不解地看了我一眼。

“鸟儿不是可以养熟吗？”我又问。

“小时候可以。养大了，翅膀一硬就飞了。”养鸟人说出他的经验。

“我小时候养过鸟，它跟着我从夏天到秋天，又到冬天，我从不把它放到笼子里。”我也讲出了我的经验。

“看来你也养过鸟？”养鸟人半是判断半是疑惑地说。

我们的谈话没有继续下去。我心中有一阵轻微的激动。这激动，一是产生于我对这位养鸟人的疑惑：他养鸟大概是为了卖的吧？这激动，更产生于这段谈话勾起了我儿时的一段回忆。

我的确养过鸟。

农村的孩子喜欢田野，喜欢树，喜欢动物。动物中我第一喜欢狗。狗是忠实的卫士和伴侣，秋天撵野兔时，既是眼尖的侦察兵，又是追捕的先锋。除狗之外，就数鸟儿了。

想养鸟首先是要掏到雏鸟。每年春末夏初，小伙伴们就开始侦察鸟窝的处所，然后跟着老鸟的踪迹，算好雏鸟孵出的日子，等到雏鸟还不会飞的时候，就下手掏窝。

在豫东平原上，名贵的鸟不多。黎明时叫得最早、最脆、最亮，俗称“黑老包虫”的，就算是上品了。这是极难喂活的，据说是气性大。容易掏到的是“小小冲”（麻雀）、斑鸠、“打场垛垛”（布谷）。鹌鹑是深秋以后大人们用网才能捉到的。

掏到雏鸟并不难，难的是养熟。所谓养熟，就是它把你当成它的父母一样，成天跟着你，不用装在笼子里，放飞也不飞的。一个村子里，如果有谁养熟了一只鸟，常常会受到全村小伙伴们的尊敬和羡慕。

我养鸟有过两次成功经验。

第一次是养熟了一只麻雀。

我刚掏到它的时候，它羽毛尚未长齐，翅膀上只有几根粗粗的毛筒子，嘴角还是淡黄色的。我一直把它养到能够飞起来，用手一送，抛到几米高，飞一个圈子又落回我的肩膀上，或者草帽上。一旦养到这样的时候，我那个高兴劲儿，大约不亚于大人们完成一件发明或杰作时的激动。

但是，不幸的是，时间不长，灾难就来了。

一次，我带着麻雀去割草。开始，它在我的周围蹦跳翻飞，捉蜘蛛和蚂蚱吃，样子很高兴。但不一会儿，它蹲在一片草丛的旁边不蹦也不跳了，只听见它“啾！啾！啾！”的叫声，有点儿声嘶力竭，甚至有点儿凄厉。我觉得不大对劲，急忙过去把它抓在手里，顶在草帽上，但不料它立即从草帽上摔下来。我捧在手里，瞅着它，只见它神情变化很大：一向欢快活泼的它，变得萎靡了，那有双眼皮的眼睛老是不愿睁开，羽毛也拢了起来，全身像是微微地发抖。

我觉得不好了，草也不割了，赶快回家。没想到，它“茶饭不进”，待到第二天早上，就再没有睁开眼睛。

此后有好几天的光景，我的精气神儿好像也随它而去了，成天没精打采的。后来，大伙伴告诉我，一定是长虫（蛇）吸了它。长虫爬在草丛里，吸青蛙，也吸小鸟，最好吸麻雀。那一天长虫虽然没有把麻雀吸到嘴里，但经这一吸，麻雀的肝胆被吓破了，精神垮了，只有死。

因为这件事，我至今恨死了蛇。

我的更大的一次成功，是我刚上小学的那一年夏天，养熟了一只山老鸹。

那年麦子黄梢的时候，父亲从外地挖河回来，路上捉到了一只山老鸹，是个雏儿，还不会飞。父亲说：“你爱鸟，给。”

我一看，不高兴地说：“这不是老鸹吗？不吉利的玩意儿，谁养它啊！”

父亲说：“这不是一般的黑老鸹，这是山里的老鸹，白脖。”

我又一看，真的是白脖老鸹，与平原上通常飞的黑老鸹不大一样。我心里有一点儿动。这时，母亲又插过一句话说：“老鸹有什么不好，不就是黑点吗？人长得丑不一定心就不好。人都说老鸹通人性，有良心。老老鸹褪毛的时候，不能飞出窝，小老鸹就衔食给妈妈吃。光这一条，就该受人尊敬哩！”母亲的话我总是喜欢听，况且这道理也怪打动人心的。

于是，我决定养它。

我在院子里的石榴树枝杈间横放一根树枝，固定起来，算是它的“卧室”。我每天一放学就去捉蚂蚱喂它；有时，我也吐给它一两口馍；偶尔我得到吃鸡蛋的机会，也少不了它几口蛋黄。

大概山老鸹的祖辈都过惯了艰难日子，生命力特别强，我这样简单粗疏的喂养，它居然长得很快，很顺利。不到放暑假，它已经快长成了。

大人们说，丑儿子父母也爱。那时，我是不大懂得这个。但当这只山老鸹在我手中长大以后，我逐渐觉得，它虽说不上美，但也不比谁丑啊！

小小的麻雀就比它威风吗？肥笨的斑鸠有它轻捷吗？燕子、“黑老包虫”，不也是浑身黑吗？黄鹂毕竟不像这家伙有大丈夫气概。你看它那黑缎子似的羽毛，白雪似的围巾，黑漆似的眼珠，腾跃翻飞的轻捷身影，它究竟不比谁差什么。

这是一只真正的鸟。它应当有人爱。我真的有点儿爱它了。我给这位鸟友起了名字叫“老黑”。

大概人一爱上了什么东西，就会用心保护它。由于麻雀遇害的教训，我想方设法防备野东西伤害它。夏天的傍晚，我常常睡在石榴树旁，把床头挨着它蹲踞的横枝。夜里有雨，我就把它放到我的床头旁边。

大概也像大人说的“以心换心”吧，时间一久，这家伙对我好像有了感情似的。有几件事令我至今难忘。

每当我出门的时候，它总是跟着。它不像狗一样尾随身边，而是不高不低地飞在天空，同我大体平行地前进。我在地上，它在空中。有时我停下来玩耍或做事，它就在天空盘旋，或者是停在我附近的树枝上。有一次母亲让我去打水，我刚答应过母亲的呼唤，挑起水桶，它已经飞出院门；我到了井边，它正落在井旁的柳树上；我把水担到家里时，它也飞到了门楣上。

后来，开学了，我遇到了作难事：我去上学，把它放在哪里呢？放在家里不放心，带到学校又要受批评。开学头一天去上学的时候，我一步三回头地看着它，真是难舍难分。

但我终于坐在课堂上听讲了。就在这堂课上，发生了一件轰动的事。当老师叫我回答问题时，我刚答应了声“到”，只听“啊”的一声，一只鸟儿飞到了我的桌子上，跳到了我的肩膀上。我一看，正是我的老黑。

我像看到一个闯了祸的亲人一样，同情、理解又夹杂着担心。

我顾不上老师是不是会批评我，一把抱住它，用下巴颏儿抚摩着它的缎子似的羽毛。我真想问问它是什么时候来的。不过，我立刻想到，一定是它尾随我飞来，停在教室门口，听到了我的声音，误以为是我唤它，从教室门楣上的空隙中钻了进来。

我眼睛潮湿了。我想起这是在课堂上，不能让它久停，赶紧向教室门口两手一送，让它飞出了教室。

我等待着老师的批评。可老师没有批评我。他怎么能怨一只不善于控制自己感情的鸟儿呢？我偷偷地瞅瞅同学们。我发现，同学们眼里不仅有好奇，更多的是羡慕呢。

我真想象不出，鸟儿小小的心脏、小小的脑袋是什么样的构造，同人类有没有一点相似又相通的地方？

秋天枣子熟的时候，对孩子们来说是好时节。但很遗憾，我家没有枣树。每次我从村子边的枣树林走过，看见那挂满枝头的鸡心似的红枣子，都禁不住直咽口水。我等着人家正式收打以后，去搞“小秋收”。

我的老黑似乎看出了我的心思。有一次路过枣树林的时候，它突然从我的肩头飞走，顺着我的目光，直奔枣树林，落在了最大的一棵枣树上。然后，我就看见又大又红的枣子噗噗嗒嗒落下来。原来它用尖尖的嘴巴一口一口地叨断了枣子的把儿。

我连忙跑到树下。农村的习惯，自动落下的枣子是任人拾取的。我饱吃了一顿，又把外衣口袋装得满满的。然后“啊”的一声把它招呼走了。

这次成功的“联合行窃”，我至今想来好笑又好叹：难道鸟儿真的通人性吗？我和老黑之间的对话，从来都是最简单的音节“啊”，但中间似乎逐渐形成了什么扯不断的默契。

从夏到秋，以至于初冬，我们几乎是朝夕相伴，形影不离的。但后来终于分手了。想起我们的诀别，真是令人心酸。

初冬，我害了一场病，有几天顾不上照看它。病好以后的第一天早晨，我起了床，就到石榴树跟前去唤它。但是，老黑不见了。我将整个院子找遍，也没找到它的一根羽毛。我“啊”“啊”地喊哑了嗓子，也没见它的影子。我连着追问父亲好几天，也没有一点儿线索。

我好多日子都丢魂儿似的。难道它长大了就会不吭声地飞跑吗？可它早已长大了，为什么一直不飞跑呢？是不是它不知道我生病，抱怨我怠慢了它呢？这闷葫芦一直在我心里装了很久。

今天，看见了这笼中的鸟儿，我又想起了老黑。

我心灵一角为它而保留的记忆，经过几十年，又鲜明地浮现了出来。

我说不清这是人情，还是鸟情，抑或二者兼而有之？

但我儿时的闷葫芦现在是打开了：它后来离我而去，岂不是值得庆幸的吗？我爱它，应该让它自由。鸟儿的极乐世界是天空，“天高任鸟飞”嘛。它飞向了辽阔的天空，我的心应该感到高兴而又安宁了。

1981 年 10 月 11 日

渔迷

“鱼，吾所欲也”，孟子的这句话自我第一次读了它就再也不会忘记。因为我从小好吃鱼，孟子的话正好让我借来摆谱。更因为我从小爱捉鱼，这爱好成了我在饭桌上向人们炫耀的资本。每忆及少年渔翁的情景，我不免神气得不得了。

我的村庄被一条河围着，那是淮河的一条支流，叫王引河，从芒砀山西边流过来。据专家们考证，它的名字原来与陈胜有关。陈胜死后葬于芒砀山，被刘邦封为隐王，于是这条河被称作隐王河，后来似乎这名字没叫开，叫来叫去，叫成了王引河。这河不算大也不算小，除了每年夏汛水势浩浩荡荡浮满两岸，平时流动着的都是不深不浅的水。枯水季节时，有些河段水深只及孩子肚脐眼处，蹲在水中，水淹不住下巴颏儿。我家门前就是河岸，常常端着饭碗在河堤上吃饭，近乎河上人家。

因为这河是淮河的支流，是条活水，每年汛期都有各种鱼顶着水游上来，汛期过去时，鱼却留了下来，繁殖、长大。于是，沿岸农家颇多渔者。在我少年时的记忆中，渔事多于农事。

捉鱼的场面最壮观的是汛期。

夏历七八月，雨季到来，河水暴涨，有时平了河槽，河水溢出来，水流遍地，庄稼地成了一片泽国。但村庄一般地势较高，水不会漫灌进村。这时地里无法干农活，于是农人们想到了捉鱼。

这时的鱼也真好捉，任何地头路口，凡水流漩涡处，只要放下一张网，甚至只是一只白蜡条子编的草箕子，逆着水流一堵，就有一舀子一舀子的鱼被捉上来。几个时辰过去，就能装满一脸盆或者一篮子的鱼。

汛期的鱼像过军队一样，一个兵种一阵一群，说过哪种鱼，几个小时甚至几天几夜都过一种鱼。有一年我堵了一夜，全是鲶鱼，大到近尺，小到一拇指长。弄了满满的几脸盆。

还有更简便的办法。老人、妇女和孩子夜晚提一盏小油灯，蹲在河堤上，手拿一个细眼筐子。大概由于鱼的趋光特性，小鱼小虾就挤挤抗抗伸头钻脑地游到人面前，任你捕捉，一筐抄下去就有大半碗收获。这时候的河堤上，数不清的灯光一溜排开去，星星点点，闪闪烁烁，不时有惊喜的叫声传出，节日似的。不几天工夫，一些勤快人家就晒下足够半年食用的小鱼小虾。

不过，汛期也就是几天时间。夏秋两季的平常日子，大家也常捉鱼。我父亲是一个渔迷。他喜欢在冬闲时手织各式各样的渔网。由于网眼大小不同，被分为稠网和稀网。有一个人使用的罾和撒网、三个人才能用的滃网，还有十几个人才能用的拉网。拉网是专捉大鱼的，网眼大，一斤重以下的小鱼能自然漏走。

我因为年纪小，每次拉网捉鱼，我的角色都是拿鱼，背着鱼篓或鱼布袋，举着鱼舀子，跟在大人后边，单等起网时把鱼装起来。起网时满网鱼儿跳的景象，抱着鱼装进布袋或者筐里、盆里，手臂以至胸膛触摸各种鱼类的那种滑腻腻、活生生的感觉，每每令我兴奋。在这出主要由大人们扮演的戏中，我也算一个角色了，这特别让我雀跃。

当然，我真心喜欢的，还是自己赤手摸鱼，那才是更加自由自在的境界。

水是何等奇妙的东西。少时的捉鱼是和玩水连在一起的。我想不起来还有别的什么事比玩水对我更有吸引力。整个小学阶段，一年之内，从夏初到深秋，几乎有半年时间，我都是每天撂下书包就往河里跳。已经成瘾了，我每天必须到水里玩一阵子，才不枉过这一天。

麦黄梢的时候，水还很凉，我们就开始偷偷摸摸地下水了；立过秋了，树叶开始落了，常刮小北风和小西风，仍然不愿和河水告别。到了这个时候，我们往往下水前一边脱衣裳一边口里念着"西北风溜溜的，冻得小鸡缩缩的"，衣裳脱光后先仰起"小鸡"往肚脐眼里尿泡热尿，一边尿一边揉肚脐，据说这样可以防肚疼。然后大家再坐下来搓脚心，以防抽筋。刚下水时，上牙碰下牙，嘴唇发青，"小鸡"都缩进里面了，缩紧了的阴囊皮上布满了鸡皮疙瘩。为了取暖，我们就拼命地用"狗刨式"张起双臂往前扑，扬起双脚"嘭嘭"地拍水，水花溅起好高。满河的热闹，心里也热乎起来。我们游一阵儿爬上岸，蹲一会儿晒晒太阳再跑一阵儿，暖和得可以出开身了，再蹦下水。

要是到了伏天，那我们就要泡一整个中午再加一个黄昏。中午时，游一会儿，用稀泥糊满全身以至头脸，四仰八叉躺在岸上晒一会儿，再跳下去游。一到吃午饭时，河岸上喊叫孩子吃饭的声音此起彼伏。而我们不听到岸上的叫骂声是不上岸的。大人们骂我们成天"死"在河里。秋季开学的时候，我们一个个都是黑油油的臂膀和脸膛，非洲来客似的。

下水的想头又不单为玩水，主要是摸鱼。游一阵儿水以后，我们就开始摸鱼了。

人不论大人小孩，只要参与实践活动，就总会发现和总结其中的规律，只是有的自觉有的不自觉罢了。

先要发现藏鱼的地方。凭着脚和手在水中的活动，我们摸清楚了河床的哪一段是沙底，哪一截是烂泥，哪里有石头，哪里有深窝；河床两边的涯岸，哪里有被水浪冲成的一个个凹窝；不同的鱼就藏在这些不同的地方。大虾、泥股丁和鲫鱼等懒一点儿，把河岸边那些凹窝当成家，鲶鱼喜好藏在烂泥窝里和石头缝中，鳝鱼从不离开那一片芦苇丛。

掌握了不同鱼的特性，在水中赤手就好摸了。下水头一轮动作是先往岸边一个一个凹窝里掏一遍，往往一掏就得一小把小鱼小虾。鲶鱼和鳝鱼身上都有一层黏液，没有鳞，很滑，需要手劲和果决才能攥住。由于鳝鱼和水蛇在水中凭感觉不易分清，我怕水蛇，所以从不敢到芦苇丛中掏鳝鱼。鲫鱼好摸，它呆。鲤鱼要摸到手就不那么容易，它涮溜，你摸到了它，它能从你手中挣扎逃走，有时它会急急跳出水面，甩开它那金色尾巴在你胸前甚至脸上扇你一巴掌，声音脆响，好痛的。

为了扩大战果，小伙伴们常常联合作战。一二十个人排成一排，梳篦子一样地摸过去，把鱼赶到一条堤堰前。水搅浑了，鱼走投无路，死趴在脚窝里不动，包括鲤鱼在内的各种鱼几乎全部被活捉了。

有两种鱼不好摸，弄不好手脚就可能“挂花”。一种带锥子的，一种带刀子的。

带锥子的鱼叫“咯咯牙”，以它的叫声来命名的。它有时在水里发出“咯咯牙”“咯咯牙”的声音。它的鳃旁和背上有一种锥子样的鳍，当人的手触到它时，它立即挺直“锥子”刺进人的手心，或者当人的脚踩到它时，它的“锥子”就刺进人的脚心，鲜血流出，十分疼痛。

带刀子的鱼，就是名贵的鳜鱼，我们家乡叫鲫花。它的鳍在自卫时竖起来很锋利，一下子就能割破人的手。我尝过它的厉害。有一次我的手被鲫花的鳍刀割了个口子，鲜血淋漓，泥水灌进伤口里，生疼。我抱住脚攥紧伤口爬上岸，疼得掉着眼泪在河滩上滚，也有办法。遇到这种情况就会有人喊：“谁有尿？”于是来了一个小伙伴捏着“小鸡”往伤口周围尿了一泡尿，洗洗伤口，再抓一把热沙土按在上面。尿消了毒，土止住了血，就算好了，马上又跳下水。

摸鱼的要领是吃了多少次亏才掌握住的。关键是手要狠，一旦手碰到大点的鱼，立即将其紧按在泥中，抠住两鳃，绝不松一点手，然后出水扔到岸上。稍一犹豫，像这样狡猾有力量的鱼就要逃掉。

就在这种玩水戏耍之中，凭着一双手，家里几乎每天可以吃到一顿鲜鱼。或清蒸，或煎汤，半斤几两小鱼加几段辣椒、几段大葱、一点盐、几滴香油，就是一顿有滋有味的美餐。最有趣的是，吃鱼的时候，我常能想起并说出那条鱼被逮住时的地点和场景，我和全家连同捉鱼的情节故事一起吃进了肚里，我感觉到一种比鱼鲜味还新鲜的味儿一同进入精神之中。吃任何别的东西似乎都难以有这样的满足和自豪，这其中有我的劳动创造和智慧。

也许，我从这里产生了一点独立的个人意识。后来，吃一餐鱼是太平常太容易的事了。但我常常梦想的是，何时能再吃到一餐自己亲手摸到的鲜鱼呢？

1984 年 1 月

口 福

我是一个笨人，特别是动手做事，用科学的语言说是实验能力和操作能力，总是比别人弱，而且做得也拙。哥哥讥讽我的手像别人的脚一样。但我也有一点聪明处，就是从小爱跟灵醒的人在一起，好学着点儿，得便也请人家帮一把。

小时候，一到三春时节，家里就把我送到姥娘家。我很高兴去。这在我的父母，大概是为了省一份吃食；而我想的却是在姥娘家里可以有更大的自由，包括吃到好东西。

这奢望其实很可怜，其中之一就是夏天跟着表哥去逮知了猴煎着吃。

知了猴是蝉产的卵在地下变化生成的。蝉栖息在树上，把卵产在树枝上，然后卵随树叶落进泥土里。这卵在地下生长以至成熟，变成如猴子形状的小动物。我们那里的人们呼其为“知了猴”。知了猴从土地里爬出来，在变成蝉之前可以食用。对于贫穷乡村很少见荤腥的人们来说，则把它当作一种美味的肉食。

我家所在的村庄多是淤地，黏质土壤，板结，树也不多，知了猴不易生长，也就不易逮到。可姥娘家是清一色的沙土地，村里村外，榆柳成行，这东西简直多极了。

初夏时节，是知了猴出土的时候。在树行间的路上、空场上，这种知了猴钻出土后留下的洞如同夏夜天空中的星星一样，密密麻麻。

我的表兄是逮知了猴的专家，远近闻名。他每天要逮三次。

头一次是喝汤（我们那里管吃晚饭叫喝汤）以前黄昏时候。他拿一把小铲子，或者赤着手，来到树行子里，眼一瞅，看准一处地方土层有些异样，好像被轻轻地动过，就轻轻地铲去一点浮土，或者用食指或小指抠两下，就暴露出一个指头大的洞，一只知了猴正缩头缩脑地卧在里面或张着一对如螃蟹的螯一样的硬爪子在扒着出口，准备爬出来。你伸进一个手指，它的两只硬爪子就抓住了你，一拽，就把它带出来了。有的狡猾一些，缩成一团，爪子也收起来。这时候，只有用拇指和食指一起把它捏出来。它们一个个被俘了。不过顿把饭工夫，就能逮一罐头盒子知了猴。

喝过汤以后还要来一次。喝汤前叫逮，这一次叫摸。逮，主要是黄昏时还有一会儿天光，用手或铲捕捉地下的。摸，主要是捕捉爬上地面或者已经爬上树的。黄昏以后，知了猴陆续钻出地面，急忙寻找周围的树，爬上去，蜕皮，完成生命的新的过程。别看那东西小，爬得却很快，上得不低。一顿饭的工夫常能爬上几米高的地方，人赤手再难够到。

夜幕把一切都涂抹了，那小不点儿融进黑暗中，在任何一个地方都不易被发现。但表哥好像有夜眼似的，即使遇上月黑头加阴天，在树根边和树干上随便摸几把，就有几只知了猴到手。如果是小一点的树，他就用力往树干上跺一脚，已经爬得很高的知了猴就被震落下来。有时就在熟悉的路边、场地蹲下来摸一阵子，也有收获。

虽经过两次围剿，漏网的仍然很多。第二天天微明的时候，表哥就把我从床上提溜起来说：“走，逮知了猴去。”

这是第三次了。表哥拿一根长些的竹竿，我跟着。这次捉到的多是爬上树的、刚蜕皮儿的嫩蝉。知了猴黑暗中爬到树上，经过一夜的挣扎，进行生命的一次蜕变和升华。蝉蜕就在旁边，有的才蜕了一半，还背着壳子在身上。身子是白中透着嫩黄，有点儿苍白的翅膀上闪亮着星星点点露水，沉沉的不能飞，好像还在半睡半醒。这时候，我们见到一个就用竹竿戳下来，它们是丝毫不能或者说根本不抵抗的。捉到以后，就赶快送回家和昨晚捉的放在一起。否则，太阳一出来，翅膀变硬，身子变黑，就不好吃了。

这样地逮了三次，每天总能凑够一黑瓷碗，少则几十只多则上百只，在水里淘几遍，抓一大把盐撒上，再拿一只碗扣上。等到早饭时掀开碗盖，全都盐渍透了，然后放到鏊子上煎。

说到吃知了猴，夏天晨炊的场景浮现在我的记忆中，这是十分辉煌热烈的场面。

烙馍，这在豫、皖、苏交界的乡村是一种很有特色的食品。它比烤鸭店的春饼更大、更薄、暄软酥脆，尤其用芝麻仁和面的那种，烤焦以后香脆爽口，胜于糕点。只是费工夫，而且需要技术。

烙馍，还是一场好看的表演。一张矮腿方桌前，坐着妗子或表姐，桌上放着一团刚刚和好的白面。先看她们随便抓过面团，揪成一小坨一小坨，散乱地扔在方桌上，随手抓几把干面粉撒上，又往方桌的周围推开，用手清扫出面前一块地方，手里要弄着一根尺把长的小面杖，中间粗两头尖，烙馍就开始制作了。

只见小面杖在面团上旋来旋去，噼里乒乓，翻来覆去，一张薄薄的饼，被小面杖挑起，在空中一旋，正好落到了灼热的鏊子上。

鏊子边总是坐着姥娘。她盘腿坐在一张用高粱秆下部的叶子编成的蒲团上，面前是由三块半截砖支着的一张铁鏊子。薄薄的、圆圆的，中间微微有一点凸起，受热面积大，热起来很快。薄薄的面饼搭上鏊子，眨眼就起变化。

姥娘忙碌起来，一边烧着柴火，一边舞动着一把木制的尺子，翻动着鏊子上的烙馍。当地习惯称这种尺子为翻馍劈子。一般是竹片或木质的，刻成扁形，一头削得尖些、薄些，长度比小面杖长一倍以上。因为它常在灼烧的铁鏊子上翻动，又常用来做临时火棍，所以头部常呈焦黑色。

在姥娘手里，翻馍劈子舞动得幅度很小。一张生面薄饼翻来覆去一共三番，一股诱人的香味就飘出来，熟了。最后姥娘也是高高地挑着烙饼，连看都不看一眼，远远地一扔，正好旋进一个高粱秆编成的馍盘里。

我看着看着，就把手伸到了嘴里，以至吮出了声音，不由得一步步挪到了姥娘的背后。姥娘没有看我，却说："马上就好，煎好一起吃。"

我愿意忍一会儿，我知道姥娘说的煎，是煎知了猴。

最后一张烙馍挑走以后，表哥经过三次出战逮到的一大黑碗盐渍的知了猴，一只只摊在了灼热的鏊子上。一阵滋滋啦啦声起，一种与新麦面烙馍完全不同的、浓烈的肉香味冒了出来。知了猴大小如大人的拇指，头脸呈猴相，肉乎乎的，上半身一疙瘩精肉，下身是蚕蛹似的肚子，只怕蛋白含量是极高的。铁锅铲在每个知了猴身上拍一拍，按一按，煎一会儿又翻过来，如是者数次，直到知了猴焦黄酥软，姥娘又洒了几滴香油，再煎一下，奇异的香味早已飘满院子。

姥娘挑出一张烙馍摊在擀面桌上。铲了一铲子知了猴放在上面，把它们排成两行，再拿一张烙馍合上，然后卷成一卷，窝住一头，塞给我说："吃吧！"

我一口咬了一大截，有两三只知了猴被我咀嚼着。麦面香、肉香，素的、荤的，清香、浓香，我心里满意极了。跟着表哥窜半夜，又等了一清早，值得。表姐看着我狼吞虎咽的样子，打趣我说："你真是笨人福相！有吃福！"我是从不去辩解的，大概是嘴被占着，顾不上吧。

1984 年 3 月

异 香

爸爸的诡秘行动实在惹恼了我，我哭了半夜。

这大约是我五岁时候的事情。

母亲住娘家去了，留下我跟着爸爸。晚饭后，本来爸爸说好了的，要陪我睡觉。我早早地上了床，躺在被窝里。爸爸和衣歪在我身边，讲着妖精的故事。他总好讲妖精的故事。一个妖精变成一个老妈妈来到一个大户人家，花言巧语骗取信任，最后吃掉了人家的姑娘。我一听就害怕，不敢睁眼，甚至用被子蒙住头。这次又讲了妖精，并且要我闭起眼睛快睡，明早带我去赶集买好吃的。

我迷迷糊糊睡去了。梦中觉得尿憋得不行，却无论如何找不到尿尿的地方，憋醒了。一摸，身边没有了爸爸，摸遍床也没有。我急得叫起来。黑暗中什么也看不见，就想尿在床前算了。但怎么也摸不到床前，摸来摸去是一堵摸不到头的高墙。恐怖笼罩了我。我大哭起来，只好胡乱对着墙尿起来。

我对爸爸充满了怨恨。他扔下我，自己到什么地方去了呢?我哭累了，重又睡去。睡梦中，又被惊醒。看到窗户上有了点亮光，就摸着黑胡乱穿上衣服，起了床。

我独自来到村头，清晨的薄雾还没散，远远地，就看见了爸爸。

他正从村外走来，背上背着一包东西，手里攥着一个小蓝布袋。我不愿意迎上前去。爸爸却疾步走来，牵我的手，并且拍了拍他手中的小蓝布口袋，疲惫的脸上露出了几分欣喜："看，鹌鹑！"

"你到哪儿去了？"我噘着嘴责问他。

"逮鹌鹑了。香得很哟！"

"哄人！"我不原谅他。

爸爸拥着我回到家。他开始做早饭。我去玩我的。饭将做熟的时候，我闻见一阵烧焦羽毛的味道，接着有一股醇醇的肉香刺激我的鼻孔。

"快来！好吃的。"

爸爸喊着我，扔给我一个泥疙瘩。他自己手里也拿着一个，连续地从一只手换到另一只手。

"快吃！要吃走兽，还是狗肉；要吃飞禽，还是鹌鹑。"

爸爸说着，剥着泥巴。原来是他将两只鹌鹑用泥巴裹严，放在锅底下的火中烧熟，剥掉泥巴同时也就揭去了羽毛。他先撕掉两只腿递给我，又取出肝脏心脏塞到我嘴里，后来又用牙咬开脑壳，把一小点脑子嘴对嘴吐到我嘴里，其余的他吃了。

我实在没有吃过比这更好的美味。一种醇厚而又新鲜的香味溢满口舌而又抚慰神经，跟它比起来，无论猪肉、羊肉、鸡肉都显得油腻或单薄了。

我开始高兴起来，把怨恨抛得远远的了。我和爸爸问来答去。

"你一夜不睡觉不困吗？"

"一听鹌鹑叫就不困了。"

"你不害怕吗？"

“啥都不怕，就怕鹌鹑不来。”

然后，我郑重地要求道：“晚上得带我去，要不你也甭去。”

爸爸说：“野地里风冷。”我说：“不怕。”爸说：“夜里有鬼。”我说：“你不怕我也不怕。”

吃完晚饭，我就寸步不离爸爸。他去厕所，我也跟着。爸爸看实在甩不下我，就带我去了。

他仍背着一包东西。我问是啥，他答是网，逮鹌鹑用的。他要我骑住他脖子坐在网上。我说我自己走，我怕爸爸累了生气把我送回来。

出了村子走了好远的路，我们来到一片荒草地里。深秋的夜，很黑，天阴着，小北风轻轻地刮着。我打了几个冷战。爸爸马上脱下他的夹袄把我裹起来。说前边就到了。

我看到不远处黑乎乎的一片。小树林似的。走近一看，是长长短短的树枝围起来的一个圈。爸爸说这是给鹌鹑准备的家。

他下好了网，蹲在地上静静地听了一会儿，从怀里掏出一支长长的哨子，牛角做的，放在嘴上轻轻吹起来。咕咕咕——咕，砰砰砰——嚓，好像一对鹌鹑在说话。

不大一会儿，就听见远处有应和的声音，然后有羽毛抖动的声音。

“别吭声！”

爸命令我。我顾不上说话，只是竖起耳朵听，瞪着眼睛瞅。又过了一阵子，只听噗啦几声，呼呼啦啦树枝响。爸爸说捉住了两只。他让我隔着布袋摸了摸，软软地，暖暖地。

村子里连狗吠的声音也听不到了。夜大概很深了，我困得睁不开眼睛。爸爸抱住了我说黎明之前鹌鹑落网还得过一阵子，他得等着。我实在坚持不住了，沉沉地睡去。

睡梦中，我看见一对一对的鹌鹑走进父亲为它们搭好的宿营地，当网收拢时，全在网中，一只只灰褐色的鹌鹑，胖胖的，眼睛瞪得溜圆。父亲的蓝布口袋装也装不下，我只得一手抓一只。

“多不多？”我问。“多。”爸爸答着，摇醒了我。天已亮了。

早饭时又闻到了鹌鹑香。但我看到，有两只在笼子里欢蹦乱跳，我问这两只咋不吃呢？爸爸神气地说：“嗳，这可不能吃，烧吃的都是母鹌鹑，公的留着斗架呢。这一只叫红胡子，这一只叫白（脸）膛。在灯影里用手把着熬些日子，到会场上斗嘴，嘴嘴带毛，可有种了。”

这时，我才明白，平时集市上一些人手把着鹌鹑，有时腰间别着一只硬木作底布、围腰上绣着花的口袋，一群男人围得里三层外三层，是为两只咬架的鹌鹑呐喊喝彩呢。爸爸为的是这事儿，我以为他也为的嘴呢。

“这么主贵啊？怨不得你连觉都不睡，连我也不管。”

我埋怨着，却不由得咽了一股口水。

大人们斗鹌鹑，究竟有何兴味，我那时不理解，现在也体会不到。只有这鹌鹑的异香永留在记忆中。

多少年以后，在北京东安市场吃到炸麻雀，近年的宴会上炸鹌鹑已成为一道常有的菜，别人吃时往往咂舌赞美，我总觉与泥烧鹌鹑是没法比的。有一次，我吃到一种地方名吃叫富贵叫花鸡，传说是明朝开国皇帝朱元璋当初沦为乞丐时，在一山脚下偷得一只鸡，在无炊具、无调料的情况下，他将鸡用泥巴裹好后放在柴火上烧烤，熟后大快朵颐。朱元璋做皇帝后仍念念不忘这一美味，封此菜为富贵叫花鸡。这鸡的做法倒同泥烧鹌鹑相似。

那种烧烤后的异香，使我对这种异香的早年味觉记忆以及当时的感觉又一次浮出。只是我仍然认为儿时的泥巴烧鹌鹑是最香的。

1984 年 2 月

夜 路

我从小害怕走夜路。这缘由，说来话长。

穷乡僻壤，人烟稀少，一到夜晚，路上绝少行人，这本有点儿寂静得怕人。加上迷信盛行，人们喜欢谈鬼说怪，夜路就更加可怖了。

少年时代，小朋友们夜晚聚在一起，也学大人们谈鬼的故事。有些故事令我至今不忘。

有一位小朋友说，他亲耳听过某某人讲过一个真实的故事。那人一次走夜路，忽然眼前出现一道墙横在路上。看上去若有，摸过去却无，影影绰绰，阴阴森森，无论如何也越不过那道墙去。人家说那就叫鬼打墙，是鬼打的一道墙。你说可怕不可怕！

另一个故事更玄乎。

全村一位出了名的胆子大的人，夜晚骑马路过一段漫洼，而且就指明说是我们村西南地那一段长长的洼地。走到中间时，只听见路两边有似人非人的声音叫着：“骑马！”“骑马！”

那人很奇怪：谁的声音呢？定睛一看，是七八个或长或圆的，似人非人的东西，在跟着马飘忽忽地飞奔着。那人胆气壮，偏要看看鬼究竟有多大能耐，就慷慨地答道：

“想骑马，好，上来吧！”

话音一落，就见那七八个黑影子飞身跃上马屁股，有的还咯咯地轻声笑着。

那人说：“你们坐不下，躺下来，我用绳子把你们缚在马身上，别摔坏了身子！”

只听背后的黑东西们答道：“不必麻烦，不必麻烦，我们坐坐就走。”

但说话的时候，那人已经用绳子把他们缚在马屁股上了。

说来也快，一会儿，听见狗叫声，快到村口了。

这时，只听后边叫道：“快！快！解开绳子，放我们下马！”

那人的胆气越发壮了。他策马飞奔，一瞬间，进了村。那人召集朋友来看鬼。谁知灯光下一看，马屁股上驮着七八块木板子。

那人吩咐：“卸下来烤火。”

火起处，只听毕毕剥剥，像是哭爹喊娘的叫声，板子上流的油像血一样。

这些故事，在我心里罩上一个神秘可怖的鬼的阴影。使我相信：夜晚是鬼的世界。我自己亲身经历的一件事，更加重了这种阴影和意识。

那是淮海战役后的一个夜晚，我跟着母亲到邻人家里去。我的家乡是淮海战役的中心战场，房子全部被战火烧光了。瓦砾场上，夜晚一片凄凉恐怖的气氛。

我们在路上正走着，突然，有一个闪亮的火球倏地从我身边跳起，窜到半空中去。我吃惊地抓住母亲的衣裳襟子，闭起了眼睛，小声地问：“啥？”母亲也不答话，战战兢兢地扯着我的手，连拖带拉地把我带走了。直到邻人家里，灯光下面她才告诉我："那是鬼火！"

这情景一直给我留下很深的印象。长大以后，我在理论上逐渐成了无神论者。但是在感情上、精神上，那些"鬼"的负担还不能一下子彻底扔掉。一到走夜路的时候，总免不了想起发光的鬼火，打墙的鬼，要骑马的鬼。

于是，我很怕走夜路，尤其是单独走长距离的夜路。使我重新获得走夜路的胆量的，是一次单独的长距离的夜路的经历。

那是一个初夏的夜晚，我从外地回老家去。在县城下了汽车，夕阳的余晖已经隐没到西山里了。说来也巧，在汽车站旁边，我碰见一个老同学骑着自行车到县城开会。我提议他把自行车借给我，今晚我就不在县城耽搁了。

我想，从县城到老家不过 50 里，路又熟，我在县城读书时，少说也走过一百个来回。大路、小路，村村镇镇，甚至坑坑洼洼，都像地图一样刻在我心里了。

我打算抄近路。谁知道，一切情况都在变化。多年不回家，山未改河改了。走了不上十里路，一条新挖的人工河横在我面前。

"远路怕水，近路怕鬼。"我想起了这句俗谚。我不敢贸然涉水渡河。只得沿着河堤重新折回老路。

那晚是一个月黑头。夜幕已经黑咕隆咚地罩下来了，我的心也隐隐地长起"毛"来，只觉得有一丝一丝的恐怖气氛从周围向我压迫过来。我根据过去的记忆，知道路边某处是坟地，某处是芦苇坑，某处是旧砖窑，某处是岔路口。每过一处，都能引起我脑海里对旧日恐怖画面的联想。

我有点儿后悔，不如在县城住一晚，白天再回。可一想，我现在返回县城也不划算了。

我很想遇到一个同路人，但又怕遇到一个生人，那样就既要防“鬼”，又要防人，更紧张了。

心里想着，车轮转着。突然，车子不动了。我双脚着地。“哎呀！”我叫起苦来，伸手一摸，原来自行车前轮撞在了一个井口上。要不是井口上的水车挡着，说不定我会连人带车栽进井里去。

“好险啊！难道真有鬼领路吗？”

我伸手抹了一把脸上的汗。不料这时又发生了一件窝囊事：眼镜居然不知掉到哪儿去了。真是“屋漏又逢连阴雨”！

我连忙蹲下去摸眼镜，但怎么也摸不着。这可糟透了：夜已黑得伸手不见五指，近视眼又没了眼镜，可怎么走路啊！我泄气了。

但意外的是，当我直起腰来仰天长叹的时候，脚步挪动了一下，我感到脚脖上挂着一个东西，伸手一摸，哎呀，眼镜竟在这里！

我好像获得了新的希望，身上的汗一下子都解了。我又骑上车子赶路。

前边到了一个好几里长的漫洼。这一段路，前不着村，后不着店，传说过去是强人出没、坏人剪径的地方。大白天一个人经过这段路，都难免头皮发紧；夜幕之下，望不到边的麦田像黑色的海浪一样在翻滚，周围死一般的寂静，我的心更加紧缩了。

我两手紧紧攥着自行车的车把，只管睁大眼睛盯着车下的土路，不顾得或者说不敢往四周望一眼，脑子里尽量排除一切关于鬼呀怪呀的念头。

可怕的事情还是发生了。

只听麦海里先是沙沙声，接着是哗哗声，然后“哇”的一声蹿出一个东西。我的毛发直竖，脚也蹬空了。车把一歪，车轮一滑，一个趔趄，我差一点摔倒在地上。

什么鬼怪啊？

只听“咕哇”一声，原来是一只觅食的大癞蛤蟆！

这个发现使我的整个神经一下子松弛了下来，怕鬼只为心中有鬼，紧张都因自己吓自己。

这时候，我的心境忽然宁静得像夏夜一样。

我扶着自行车，站在旷野之上，仰望天幕。夜，黑尽管黑，但仔细看去，却是透明而且空灵。没有烈日炙烤车马喧嚣，万物在休养生息，正是赖于这黑色天幕的覆盖。万籁俱寂，薄雾四起，水汽氤氲，清新，恬静，宜人。

我的心由于轻松而变得愉快起来了。

我回顾了一下走过的路，回想一下自己的紧张情绪，觉得好笑！哪里有什么鬼的影子呢？黑夜，这不是大自然为人类安排的一种阴郁的沉静的美吗？鬼是不配享受这美景的，它们应当永远被禁锢到见不到人的十八层地狱之中。人世间不应当让鬼出没。人不应当怕鬼。

我骑着自行车，悠然地走完了剩下的路。

自从有了这一次经验之后，我确信，走夜路并不必怕。所谓鬼本是子虚乌有。大胆地走自己的路吧。

不过，因为是夜，走路要小心些。

1980 年 10 月 12 日夜

神 启

谁见过神？谁也没见过。愈是未见过，愈是神秘，也就愈是信。心里迷了，才有迷信。迷信的人不信自己的眼睛，但相信自己的耳朵。自己虽未见过，可听别人说见过，他就信。他深恐自己是凡人俗胎，有眼不识泰山，见了神也当成俗物。

家乡有座山叫芒砀山，其中一座独立的山峦叫磨山。据家乡传说，磨山的名字得自神的启示。

当我记下这神秘的故事时，我也不得不先借用一句混沌的套语作为开头：

很久很久以前，有一对老夫妻住在一个山脚下。那座山那时还是无名山。老夫妻膝下无子无女，日子过得清苦。山区地少，几亩薄田，勉强养着一头毛驴。神就神在这头毛驴身上。

离这对老夫妻住的这座无名山不远有座芒山，是座名山。尤其每年农历三月下旬一连十日香火古会，吸引得周围百里内外士农工商善男信女都来光顾，或做买卖，或做佛事，或来观光，热闹异常。

有一年，老夫妻也来赶会。妻子想往碧霞岭元君庙送些香礼，老头想买一头牲口。妻子一天都在元君庙烧香打坐，等着老头。老头在会上转悠了一天，无奈手中钱少，连最便宜的牲口也买不起。天将晚，才快快地来找老伴。老夫妻结伴回家的路上，却听见背后有喷鼻的声音。回头一看，一头黑缎子似的毛驴尾随而来。他们走，它走；他们停，它停。就这样，一直跟到家中。

老两口深以为怪：这是谁家的毛驴？也无处打听，也无人来找。只好草料伺候。毛驴很听话，就在他家槽头驻足下来。久了，也就算老夫妻捡了一头牲口了。

这头毛驴却有两件怪事。

一是再喂也长不大。长来长去仍像头驴驹子。但是，个子虽小，却是个劲疙瘩。独犋拉套，赛过双牛双马；无论怎样使役，总无半点疲累；卸了套，仍然嗷嗷长鸣，如报晓晨钟，响彻遐迩。

另一件则是拒绝拴束。任何套绳它都要想法磨断或挣脱而去。老头也是个死心眼。这样一匹好牲口，他钟爱如子，生怕跑了丢了，偏偏要拴紧拴牢，夜里还要把它的长脖颈吊起来，以免磨断缰绳。

谁知老头的办法毫无作用。每天夜晚吃饱草料以后，毛驴总会轻易脱缰而去。它去之后，缰绳结扣完好。待早晨仍跑回槽头。

如此一连数夜，山周围的人感觉到了异常。夜深人静，就听到蹄声嗒嗒，像有牲口围着山急速奔跑，同时山中嗡嗡作响，如磨面之声，声震四野。

早晨起得早的人看到一幅奇异的图画：一头黑缎子似的毛驴绕山飞转，快如飞腾骏马，通身是水，油光可鉴。

那正是老夫妻家的毛驴。

这是一头神驴无疑了。它那来历，它那力量，它那不受拘束的习性，除了称它为神驴就无以名之了。大家包括老夫妻都这样认为。

但它夜夜跑什么呢?

在一天清晨，有人解开了这个谜。在一声山裂似的炸响之后，人们发现山石整齐地断裂后有一片石塘，石塘中间有盘石磨锻制得很精致。

原来这座山的石料是极好的磨石，可以做成大大小小各式各样的石磨，用来磨面、磨米、磨豆子等。

这座山从此就叫了磨山。

人们陆续拥进山里采石锻磨，方圆几百里都用这里出产的石磨磨面。

就在人们发现这是一座磨山的那一天，老夫妻家的毛驴再也没有跑回来。老两口整夜睡不着觉。从夜晚到清晨一直听着山里嗡嗡如同石磨转动的声音，但毛驴看不到了。

大概因为它已经指示给人们那座山石的奥秘，它的使命已告完成，就不需要再露面了。

从此以后，多少年来，方圆数百里的人们都来采买这里的石磨。石磨转动的声音经常响在千家万户，不论白昼还是夜晚。有时你真辨不出是神驴拉的还是寻常百姓家的毛驴拉的。

1982 年秋

龙 脉

“咱村为什么总是出不来有出息的人呢？”

这是我的穷乡僻壤的故乡一个永恒的困惑，一代一代传下来。

在我刚懂事的时候，就时常听大人们在一起议论、琢磨，结果是找不出答案。大家一起纳闷。我相信这样的议论、琢磨在很久以前已经进行过无数次了。

什么叫有出息？农民心里，头一个标志是做官。过去叫吃皇粮，现在叫当干部。出人头地，当上一官半职，才叫有出息。

想想也是。千多口人的大村子，吃皇粮的人在新中国成立前几乎没有过。解放了，也没有几个人，官做到科长、乡长之类，再也不能更小了，好像算不得有出息。

根源在哪里呢？据说风水被人破坏了。

我是在一场小孩们的讨论会上，听到这可怕的宣告的。

那是我们一群小伙伴在一起叽叽喳喳，传播和琢磨大人们对前程的忧愁。因为这也包含着我们今生的命运。

农家长大的孩子，从大人的口中，多少知道一点儿风水的厉害。知道背山傍水、阳宅阴宅、主房厢房、门前的马路水坑、左邻右舍的青龙白虎，全与人的穷富顺逆吉凶祸福相关联，其中的曲曲弯弯尽管不甚明了。

“为什么全村人都不行了呢？”我们都解不开，剩下来的只有泄气：反正天和地注定咱成不了什么气候，努力也白搭。

“那是胡说！咱庄的风水本来好得很哪！”一位长者出现在大家面前，对我们说。

这位长者是有些名气的。他会占卜算卦，还会看风水。村子里谁家丢了东西，他能算出小偷出在哪一块地方以及来路和去路的方向路线；村子里谁家起庄子、盖房子、选坟地都要请他。因为这，远近知道他的人不少，人们称他为先生，后来我才知道这就是所谓的堪舆家了。这人长着一把令人敬重的胡子，轻轻地一声“胡说”把大家镇住了。

长者举起拐杖指了指村东南方向上的一座大坟。这是一座不知哪位祖先的圆形土坟，直径数丈，高也有两丈以上，占地数亩。硕大而神秘。

“风水全在这里。”长者说，“老辈人说咱村日后将有一斗五升米那样多的乌纱帽。这座祖先的大坟正埋在龙脉上，对后代子孙恩惠无穷。”

听了这话，大家惊呆了。

沉默了片刻，有人提问了：“那为啥到现在也不出息一个呢？”

“谁都这样想，你听我讲。”长者早已料到大家的问题，款款地讲起来。

本来在明朝时，咱村曾出了一位娘娘，这一下乌纱帽就该村里的后生们戴下去了。你想娘娘能不求皇上提拔她的娘家人吗？但问题也就出在这里。一出娘娘，好像泄露了天机。南蛮子注意到了咱村必有好风水。于是，有一位先生到咱们村里来了。

那人进了西寨门，就问咱庄的族长住在哪里。人们领他见了族长。他恭恭敬敬地参拜一毕，就送上许多礼物，说是进京路过，要在此地歇歇脚，小住几日。族长素来好客，当然高兴，每日酒肉款待。这位先生每日背着手在村里村外走来走去，远望近察若有所思，煞有介事。

有一日晚饭后，先生和族长坐在月下喝茶。忽然，那先生肃立，朝族长长揖一拜说："恭贺族长，贵村背山傍水，乃难得一块风水宝地。你们的祖坟里藏有一斗五升米那样多的乌纱帽，地下一条青龙盘绕。娘娘被选，只是起了一个头，日后会有想象不到的兴旺发达。"

族长听了喜出望外，忙还礼答谢。但这时先生却把话锋一转说："恕我直言，贵村也有一难，虽有青龙盘绕，但地下水源枯竭，既不能游水，也不能升空。纵有贵人，难保不虞。"

族长一听，马上变色，急忙请教有无救法。这时，那先生拈着胡子沉吟了一阵子，连呼："难哪难哪！"然后面有难色地说："虽有破法但费人费工，再说我也不该泄露天机，只怕事后要遭天谴的！"族长越听越感动，立请先生指示救法，并说全村子孙后代将永远感念不忘。

请求再三，这位先生指示了破法。

第二天族长即召集全村人，依南来先生指示，分工打井。一连七日，在村西南、西北、东北、东南各打成一眼深井。

但是，井打成后，出了两件奇怪事。一是井中血水涌流不止，一连七七四十九日。二是在庆贺打井成功的那天晚上，竟然找不到那位南来的先生。他不辞而别了。

怎么回事？后来本地的堪舆家判定，他是赶风水的南蛮子。他发现了咱村的风水，就施诡计让咱们打井。这四眼井正好打在龙首、龙腰、龙尾上。龙脉从此断了。风水被他赶到南方去了，乌纱帽也就被他端走了。

也就在这时候传来一个噩耗：被选中的娘娘在送往京都的路上得了时疫死了。此后，咱们村子子子孙孙都失了擢拔的机会。

长者说到这里，几近唏嘘流涕了。

我们在场听的一群小伙伴也为之扼腕。这个一波三折的故事，让人奇、让人喜、让人惊，最终让人扫兴。

后来，我们在上小学和中学时，常常在放学回家的路上一遍遍地复述、品味这个故事，尤其在上学遇到困难的时候。

“我们念书只怕也没用！”伙伴们常常这样嘀咕，“咱们这里既非江滨海边，又非深泽大山，更不是都市京城，平川之地哪里会出有出息的人物！”

我们始终解不透一个疑团：“难道我们的命运前程早已在冥冥之中被一只看不见的手注定了？”这几乎成为我们背上一只甩不掉的包袱，它常常销蚀我们读书上进的意志。

后来，我们小伙伴中有几个陆陆续续考上了中学、大学。这时，村里又有了一种解释：那一斗五升米的乌纱帽被端走时，总要漏掉几粒。风水论者依然坚守自己的学说。人们横竖不能自己决定自己的命运。

后来，祖先的大坟彻底平掉了，河也改道了，井又打了新的。

风水似乎变了。

村里仍有兴旺人家，也有不吉利人家。

不知道现在风水家们如何高谈阔论。

1983 年 8 月

真 人

“咱们的村子为什么名叫孙厂呢？”

我小时候经常为这些不关吃不关喝的问题所困扰。问来问去，常使大人们窘迫以致汗颜。

读初中的时候，我们几个同学对村庄的名字感了兴趣，常常在放学回家的路上钻研“地名学”。这“学”当然是后来命名的。虽然我们的腿都很短，周遭走不出50里开外，但一注意上村庄的名字，就觉得五花八门，丰富得让人吃惊。再用点功夫，简单地分分类，归拢归拢，就觉得似乎还真有一定之规在里头。

最明显的共同点，是姓氏之后加上村名庄名。我们今人都是氏族祖先的后裔。姓氏以下加个庄、村，名叫某庄某村是最普通无特点的。其余的就有些讲究了。

某某寨，是说这村子古来曾有过寨子，住着大户人家的。

某某集，是说这里是或者曾经是一个商业点。

某某路口，某某河涯，这是村子与河流相关的自然地理标志。

某某楼，某某瓦房，某某阁子，那一定是村中曾经有过像样子的楼堂瓦舍，而且是有点权势或财富的人住过的。

尽管我们经过的这些村庄，多数都穷得可以，连楼堂瓦房的废墟也难找到了。

“但是，咱这片地方古老着呢。兴许哪一朝代哪一辈子曾经阔过的。”大家常常这样解释。

难题也有。

某某营，某某屯，某某厂，究竟怎么回事？

经过询问，加上猜测、想象，以及望文生义，大都找到了某种解释。

大概我们这家乡自古以来乃兵家必争之地。战事连绵，兵营遍地。据说，元朝统治中原，就想把农田变成牧场，大平原便一片荒芜。明朝的朱元璋起义，打败了元朝，恶战好多年。战事一完，兵营遗址就成了村落。于是，就有了某某营，某某屯。营乃营房，屯乃屯兵之地。不过，营是一般的军营，屯就是将军驻扎的地方。据说，凡出过将军的村子都要改名为某某屯。比如有个张大屯，在某朝代就出过一个张姓将军。

最后剩下了一个“厂”字，而且我们的村子就叫孙厂，该怎么解释呢？

“难道我们这儿古代是个工厂吗？”

“如果是工厂，那怎么连一点影儿也找不到呢？”

“不是的。”一个伙伴打听到一种说法，“最有来历的要数叫‘厂’的村庄了。老爷爷说的。”

“凡叫‘厂’的必出过娘娘。娘娘，是皇帝的媳妇。比如朱厂，出过朱娘娘；张厂，出过张娘娘。咱们这孙厂，也出过的，而且这娘娘神极了。”

于是，我听到了一个永难忘却的神话般的故事。

我们那儿古来的习惯，男女说亲订婚是很早的。指腹为婚，娃娃媒，十几岁就说好，多的是。有一阵子，全村一般大上下的姑娘一个个都订了婚，只有后村庄头上一户人家的女儿总也没人提亲。不只因为她家里穷得只有四堵墙，主要是人还长得奇丑且傻，一头秃疮结成痂，从来不洗的脸上成天挂着两筒黄鼻涕，衣裳穿到身上就没有换过，口讷得活像哑巴。她就知道每天赶着一只绵羊，脚后头跟着一只小狗，到很远很远的河滩荒坡去放羊。她不理旁人，家里人嫌弃她，村里人好像根本不记得有这么个人似的。

忽然有一天村里来了很多人马。先是一骑一骑的马队，接着是一对一对手执麈尾穿黄袍的，中间有八个人抬着金顶子鹅黄色的轿子。来后，就把村里的祠堂用黄布幔子围得严丝合缝。接着里头就传出令来，要把全村 13—15 岁的闺女统统找去。一个一个闺女都被送进祠堂里去了，又一个一个都放了回来。

接着，来的人又问："还有闺女没来的吗？如果敢藏匿一个就按欺君之罪论处。"

村里人一听，不得了啦，这只怕是选美吧？皇上选美谁还愿意藏呢？于是扳着指头一个一个地算，结论是："确实全来了。"

但来选美的人仍然坚持说："不会的。天官已经测出本村必有贵人，贵人尚未找到。"

村里有人笑了："那除非是那个又丑又傻的放羊姑娘，常常自言自语念叨'树叶青，树叶黄，朝廷选我当娘娘'，把她送来只怕更要吃罪了。"

来人一听，说你骑上马，领我们去，轿子在后头跟着。

一阵风似的，人们来到河滩荒坡把那位牧羊的姑娘抬进布幔子里了。

不长时间，传出消息说：待选娘娘就要起驾进京了。

那闺女就是要选的娘娘！

原来她头上的疮痂，竟是罩着的一只金碗。金碗揭掉，满头黑发。她那两筒黄鼻涕，是一双金筷子。她有生以来第一次洗了脸，沐了浴，顿时满室生辉。只见她眉若翠羽，面如满月，睛如点漆，肌肤凝润，馨香四溢，恍如仙子。她的绵羊和小狗原来也是金毛狮子银毛犬，专门保护她的神物。

这番描述尽管有不少是来自通俗文学的现成句子，听着怪耳熟的，但还是令当时的我们咂舌：噢！原来我们的村子还有这样的人物故事！

只是有一个疑团仍然解不开：“难道全村人的眼睛都瞎了吗？”大人们解释说，这叫“真人不露相”。

后来呢，当了娘娘以后呢？全村没人能回答。

“朝廷里的事老百姓怎么能知道呢！”有人解释说。

这个故事还真的来源于真实的历史。后来，我在《明史》和山东邹平孙氏族谱上查清楚了，我们孙家的这位祖姑奶奶就是明宣宗的皇后。她的父亲在永城任主簿，“因官注籍”，把家安到了永城。娘娘就是在永城被选进宫的，只是不知道在后人口中为何竟成了这样的传说？

1983 年 9 月稿，2016 年改定

乡关记景

春天的脚步声

天地有四时，这本来是自然规律使然。但一般来说，人们大都更喜欢春天，于是，便用迷人的字眼形容和夸赞春天，把鼓舞人心的希望寄托于春天。

但是，春天的到来却是颇不平凡的。

我在中原，曾留意谛听过春的脚步。

夏历春节的那一天，正好是立春。好像天人相通似的，一说立春，春意果然就漾出来了。

春节那几天，房檐上的雪水滴答滴答地流着。人们开始念叨“六九七九，河边看柳”；细心的人报告说，柳树枝条正由铁灰泛出嫩黄，想抽芽了。古人说：“冰澌溶泄，东风暗换年华。”是在换，尽管是蹑手蹑脚地。由于春节期间天气晴朗，加上你来我往，热热闹闹，许多人厚厚的冬装有点儿穿不住了。有人为了利索，干脆把棉衣换成毛衣，把棉鞋换成单鞋；有人悄悄地把家养的花木端到了窗台上。

不过，没有几日，将到“七九”的头上，一连两日小北风，雪粒又稀稀拉拉地从天上漏下来。雪花飘到地上，尽管再也存不住，但气温又低了回来。“返了春，冻断筋。”这虽未免有点儿夸张，但那冷劲儿却是不减“当年”。

不少人家把春节的菜放到室外冰起来。厚棉衣又回到身上，棉鞋又紧紧地系上了带，手又抄起来。有的卖俏图利索的，穿着单鞋的脚指头冻得肿起来，一见暖气，痒得钻心。刚发了米粒大新芽的花木有的萎缩了。嫩柳枝条上那点淡黄闪了一下，又重抹上一层烟灰。

春寒料峭，好像冬天卷土重来了。

但是，季节毕竟不饶人，冬天毕竟应当退回去了。

二月下旬的倒春寒天气，像冬天的回光返照，一晃过去了。一踩三月沿儿，春姑娘大大方方地露面了。

阳光格外明亮起来，空气中的热量加大了。有些爱动的人敞开领口，棉衣的扣子不扣了。杨花最先不声不响地秀出灰须子般的花穗，倒挂在枝头。迎春花最早以金色涂抹着春天。麦苗一天一个样地猛抽叶子。柳枝身上的烟灰色像是一下子被洗去了似的，换上了一袭黄绿色的筒裙，得意地甩着苗条柔软的腰肢，摇摇摆摆地向人们招手。春燕呢喃，向人们招呼：春天的事情该准备了！

春风得意地吹。最狂的是西风，一场接一场地吹，尤其在中原的春天。西风像顽皮的孩子，一刮起来，就招“事”惹“飞”。

西风好像是来吸收水分、潮气的专员。它摇树卷地，湿润的地上扬起尘沙。本来严丝合缝的门窗这时常被摇得晃晃荡荡地叫，木料变得干绷绷的。人们的嘴唇裂开了小口子，渗出了血。不少人一次又一次患了感冒。

整个世界不安分起来。勤快的人家开始拆洗翻晒衣被。理发店里，顾客要求把头发留短一点。头炕小鸡蹦跳到屋外。狗在麦田里狂奔。油菜花的周围有蜜蜂、蝴蝶闹嚷起来。燕子张开剪尾，在剪裁春光。田里的荠菜，树上的榆钱，成为时鲜佳味。柳树的梢头最俏、最靓，嫩黄中透出浅绿色的大头巾，在村头、在大路旁招摇。

春风，这催动生机的天使啊，也是惹人心烦的精灵。从严冬到炎夏，由冷到热，中间这日暖风和、不冷不热的春天，该多宝贵啊！

可春天总是毛手毛脚，乍寒乍暖。春天的脾气能不能改一改呢？

看来，改也难。自然规律要它这样。辛稼轩说得好，尽管“春已归来”，但是，“无端风雨，未肯收尽余寒”。

就在三月下旬的一天下午，只觉得从东北方面漫过来一丝凉意，虽不刺面冻手，但是碰到皮肤上却感觉潮淫淫、凉丝丝的。

东风起来了。东风和西风的功能好像是反的。时间不长，就有雨星飘下来，雨丝抽下来，无声地，绵绵地，轻如面粉，细如薄雾。温度表上的水银柱，又偷偷地降下了几格。

“余寒”又随着春雨浸淫开来。春天的脚步声似乎又弱下去了。

但是，别怕。人说立了秋下一场雨，就冷一些；立了春下一场雨，就暖和一些。“余寒”正在不可避免地散尽。

有人把春天比作姑娘，把冬天比作婆子。初春的中原，春姑娘与冬婆子总要进行反复的较量和争斗，一步一步，此消彼长。春意由三分到五分，春色由淡到浓，一旦春姑娘占了七分，冬婆子就只有招架之功，没有还手之力了。尽管还有阴阴晴晴、风风雨雨、暖暖冷冷，但春姑娘最终将成为这个世界的主人。

春天是美的，春天是有力量的。在严冬时，人们就寄希望于这一点。在早春时节，人们清楚地看见并认定了这一点。在早春时节就欢呼春深似海的时节到来，这难道不是一种预见，而只是一种幻想吗？

在撩人思绪、抚人灵魂的春风春雨中，我看见花园中梨花如雪、桃花如云、海棠如玉，杨柳的绿叶稠密起来了。我断断续续听见孩子对着大自然朗诵古人的诗句：

“春色满园关不住，一枝红杏出墙来。”

“等闲识得东风面，万紫千红总是春。”

1981 年 4 月 1 日春雨中

春雪无声

俗谚说：“大雪年年有，不在三九在四九。”在中原地区，这话是相当灵验的。但今年却有点儿例外。三九过了，四九过了，仍不见雪的踪影。乡下人怕旱，城里人怕病，人们到处对天慨叹，计算时令，盼望雪的降临。

真是“千呼万唤始出来”啊，到了立春的头一天，雪才下起来。

大概是今年的雪感到自己来晚了吧，像一个上学迟到的女学生，羞惭满面地来了。

彤云在天上已经罩了两天，气温时而一阵冰冷，时而一丝暖意。直到昨天的黄昏时节，才见到灰浊的天幕上，雪花点点片片，摇摇晃晃飘下来，飞下来，洒下来，落下来。

这雪，不像雨那样煞有介事，讲究排场威风。既没有雷声震耳，也不见闪电刺目，听不见狂风撼树，看不到倾盆暴泻，也不像冬雪那样雪地总是连着冰天。春雪是暖雪。那六角尖尖的花儿，凉不刺肤，冰不彻骨，悄没声息，弱不禁风，温柔极了，小姑娘一般微笑着、谈论着、嬉戏着，玩耍般地往来于天地之间，徜徉在宇宙之内。她轻盈、洒脱、自如、自若，无拘无束、无阻无隔、无牵无挂，好像无忧无虑的玉色蝴蝶，从空中飞着飞着下来了。

人们一般说下雪，文人好说飞雪。不能不承认，文人的说法更准确，也更形象。飘着，飞着，银光点点，素花片片。银光闪着，素花舞着，飘洒天际，高挂枝头，下临深涧，钻缝入隙，贴墙攀桩；行也好，止也好，卧也好，攀也好，存也好，化也好，随物赋形，随遇而安，无可无不可的。它的到来，没有引起骚乱，反而显得更加宁静，人们的心境也被滋润得恬适起来。

我望着雪花出神：温柔、单纯、随顺，多讨人喜欢啊！

可是，人们是不是注意到，在这温柔、单纯、随顺的外表里面，它还包藏着怎样一颗坚强博大的雄心和大气磅礴的气概啊。当雪越下越大的时候，我的神思与雪花一起翻飞、升腾。

小时候，我常常纳闷：这么多的雪花原来都藏在哪里呢？后来听说，奇冷酷寒的南极北极，是雪的久留之地；赤道的高山巅峰，温带雪山的六月，都经常有它飞舞的身影。可见，爱寒而好高是它的天性，那它的故乡大概就在最高最冷的天上了。我后来又读《镜花缘》，忽然有了新的联想。书上写武则天赏雪之余，于醉眼蒙眬之中，下了一道命令：“明朝游上苑，火速报春知。花须连夜发，莫待晓风催！”果然，第二天雪停以后，百花齐放。武则天这位自号“督花天王”的精灵，是不是又在上界强令她的“花兵”一日之内、一时之间一齐开放，让世人为之仰目呢？不然，霎时间，从哪里来了那么多银盔银甲的白袍小将呢？

我又想起龚自珍的《西郊落花歌》。龚先生真是才情勃发的诗人，他有一大串比喻，描写北京西郊的落花景象：“如钱塘潮夜澎湃，如昆阳战晨披靡；如八万四千天女洗脸罢，并向此地倾胭脂。奇龙怪凤爱漂泊，琴高之鲤何反欲上天为？玉皇宫中空若洗，三十六界无一青蛾眉。”这景象我没见过，只觉得若把“落花”改成“雪花”，倒是完全合适。

对于雪，由于人们对它的情感态度是一边倒的肯定。有的称赞是出于实用的考虑。诸如“瑞雪兆丰年”“大雪结成被，枕着馒头睡”等。雪能够给有害的生物制造死亡的条件，给尚生的生物以力量，给将生的生物以机缘。有的则是因雪引起的奇思妙想。比如毛泽东说它是飞起玉龙三百万，搅得周天寒彻；鲁迅说它如包藏火焰的大雾，旋转而且升腾，弥漫太空，使太空旋转而且升腾地闪耀……好像那勇气和锐气有胜于腾跃冲杀的无敌之师。我称赞雪，是因为它堪称伟大的艺术家。不知是什么怪脾气，它不用五颜六色，却把赤橙黄绿青蓝紫调和成一种颜色，与中国式水墨画反一调，独创雪国“水白画”。不过这确是大手笔。它所向披靡地挥洒于天地之间，涂抹于万物之上，一日之内，一夜之间，把整个世界改换模样，装扮成自己的色彩，绘一幅洁白却十分灿烂的图画。

昨夜大雪，我今晨起来，只见满目粉妆玉砌，梨花千树。松柏青竹，老树枯枝，落叶乔木，一色银枝素花，点点滴滴、团团簇簇，又浓、又厚，虽然没有馨香四溢，却有清新之气弥漫。远望万里关山皆白，田垄道路无垠无痕，一片银色乾坤。面对此景，不仅不令人感到单调，反而感到丰富的美艳！

我望着雪景，又出起神来：你，温柔如处子，嬉戏如顽童，如花似玉；你又是天兵，雄师，大艺术家。究竟你是什么呢？你这自然的精灵！

1983 年 4 月 2 日雪后

河 边 看 柳

“回头看看，柳梢上已经有点儿嫩黄如烟了。”我不无惊奇地叹道。

“真是的，刚来的时候怎么没看见，才一转脸，就变绿了。”妻说。

这是 3 月 10 日下午我和妻在郑东新区河边散步时的对话。

妻的话让我心中一动：一转身就变样了，这个大自然，奇妙如斯！

其实，不是大自然奇妙，而是人迟钝。天气天天都在变化，但是，不是季节交替的时候，不大感觉得到。尤其是，城里人不知季节变换，不知季节已变换，不知季节如何变换。

元宵节后，我来东区散步。花木仍是一片灰枯，至多有点儿暗绿。只有迎春花孤零零地闪现出星星点点的金黄，像偶然偷开的花，寡不敌众，无法装点出大自然的春天。河边清一色的垂柳，让人想起宋人张择端《清明上河图》上东京河边的一片婆娑。但现在尚未出正月，离清明节还很远，散步时耳朵还有轻轻的冻感。柳树似乎还没有透露多少春的消息。

春天的脸色多变，前天天气刚降到零下 5 摄氏度，昨天又转暖，据报今天气温最高为 20 摄氏度。阳光已有撩人的暖意，看见有人着短袖跑步，我忽然觉得薄薄的棉衣厚了。下午散步时，我脱帽敞怀，大步快走。偶尔在柳树旁驻足睇视，发现情况好像一下子变了：长长柔柔的柳枝上，柳芽或鼓如小米，或胀如麦粒，有些嫩黄，亮得泛绿，春意偷偷地漾出点点春色，让人真切地感受到春来了。

这感受影响了我的目光。当我极目河的远处，出现了文章开头时的一幕。

远望把树的间距删掉了，把颜色集合放大了。无数柳树成行成列，枝条如发挽成树冠，连成一条柳的长龙飘摇向远方；嫩黄浅绿氤氲涂抹，浓浓淡淡如烟似雾，一幅以黄绿色为主色调的率意信笔的水墨长卷铺展在眼前。

我有些贪婪地望着，脑海里关于柳色与春天的诗文也如烟如雾地飘来。

柳在中原，是最平常、最普通的树木；不同寻常的是，它是春的使者，早醒早秀。在中华民族多情好文的儿女看来，柳枝是婀娜的柳腰，柳叶是细长的柳眉，牵人的柳丝，撩人的柳笛，繁华的花柳地，是美和春的象征，是情与爱的媒介，是大自然的杰作。

我掐指一算，“九九”未尽，惊蛰刚至，如剪刀一样的二月春风尚未出手，中原大地上的万物，大抵冬睡还没醒来。我看见绿上柳梢头，也算啜饮了春天的头酒。不可不记下来与朋友共尝。

庚寅年正月二十五

夜语

子夜已过，我告别朋友，走入夜中。刚才在灯光下，我感觉那是昼。

路上杨花遍地，柔软地拥着我的脚。啊，九九杨落地，春天总算到来了。

总算来了，来了。

有一种极其轻柔的东西在抚摸我的面颊，就说是亲吻也可以。是的，很轻，很柔。如果不是乍一接触，是感觉不到的。啊，这是风。是春风拂面，拂面春风。当然不是不寒而栗了，是温而且柔。我服气古人造出“春风得意”这个词，虽然“主观”得可以，但究竟是熨帖的。

熨帖，是的，熨帖。就在我这样想的时候，我的额上有两点凉凉的东西落下。我打了一个愣怔，甚至于“栗”了一下，但倏而转为快意，原来是雨星。啊，春雨，春风又兼春雨。这世界有那么些时刻确是可人的。我忽然伸出手来，我要抓住几点雨星叩问：你们是从哪里来的？

来自天上。可此刻天上的神仙们在干什么呢？大约正在意气风发地游戏吧。要是在昏睡，又有谁抖落泪水洒在我的脸上？或者，有谁浇花漏下了水珠？这春雨，一定是一种精灵：雪的精灵？

霜的精灵？露的精灵？雾的精灵？它们在什么地方打闹嬉戏累乏了，不小心就摔了下来。摔下来好啊，砸在了我的脸上，这是一种福分。

这着实是一种福分。不身临其境是体会不到的，因为未曾感觉到。当然仅仅身临“此”境也未必能够如此强烈地感觉到。而我是感觉并体味到了，甚至都看到了。

春夜是深沉的。深沉之极转为澄明。它似乎是蓝莹莹的透明体。这透明唤醒了我许多未曾意识到的意识。遮蔽我记忆的尘垢被涤除了。猛一敞亮，我看见了别时别样的夜，这是存储在我心中的某一个隐蔽的地方的夜景。

那是秋夜。肃静，高深。它并非不好，但那种颜色似乎不令人快意，它让人沉着、收敛。它为什么总是那种严肃的黄面孔呢？

还有冬夜。我并不简单抱怨冬夜冰冷，不是不愿意接受它的凝重，甚至有点赞赏它的孕育性。但冬夜是封闭的、隔离的，我老是这样认为，尤其它那苍白的色彩、硬邦邦的调子总让人板起面孔而不能开颜。

夏夜往往是变幻闪烁的，魅惑人的。它自己的燥热把自己熔化了，又化成热烈的气团把大家都冲昏了，一种火样的颜色让人亢奋却不能让人从容。

在春风吹拂春雨叩问下，我的思绪就这样闪电般地流淌。我一步步走进春夜的深部。我又想起白天所看见的生命现象。

迎春花开出那样一种灿烂的金黄。如果一年四季是一个生命轮回的话，它也许是最先显示生命的瑰丽和未来的象征物了。杏的蓓蕾已经在枝头挤挤扛扛地簇拥着，有一些已向世界绽开娇艳。

还有多少种我叫不出名字的花儿都在枝头叶间藏着羞颜，准备到时候一逞风采。

我感到满世界都在冲动着。生命到处都在生发，生命随时都在生发。一年四季的创造似乎都在春天定了下来。就在我这样想的当口，又不知有多少新鲜生命出世。世界真奇妙就奇妙在这春意勃发的时候。它是不可预料的，不可阻挡的，不可把握的，不可理喻的。

我想起一句听了无数遍的广告词：味道好极了。什么东西是好的？美的？世上的回答千万种。我独以为，能开启人的灵魂的，能让人精神振奋、精力弥满的，就是好的、美的。这春风春雨的春夜，也就是了。

春风春雨都是温柔至极的，却可以引起强烈的冲动，排山倒海般的爆发，不顾一切地创造。这就不只是美好，简直是玄妙了。我想起一位英国作家关于诗所给出的两个公式：散文 = 安排得最好的语词；诗 = 安排得最好的最好的语词。我愿意把夏、秋、冬的夜比作他所说的散文，而春夜则是诗。

春宵一刻值千金，这是古人为劝人好好读书进仕而创造的格言。如果换作体验生命，不是更“值”了吗？这样的时刻怎么能交给睡神呢？我返转身去重叩朋友家的门。我要拉住朋友一起在这千金难换的春宵中沉醉。

1992 年 3 月

暑中记酷

进入中伏以后，谁都感觉得出这白昼是突然加长了，不少人把“度日如年”的话挂在嘴上。

可今天却有点不同。挨过了上午以后，就到了中午，我因孩子们接连报告了三个“激动人心”的消息，而感觉时光过得快了。

室内的光线忽然变暗了一点。

“天上长云彩了！”孩子们在窗外的树荫里，跳起来，高声呼叫着，报告了头条新闻。

真没想到，几片乌云遮住光焰煊赫的太阳，竟给人们心里带来了一丝喜悦。

“轰隆隆隆……”

“打雷了！打雷了”孩子们尖而脆的童音，几乎和远方长长的沉雷一起，向人们报告了又一条好消息。

这雷声，颇像艺术家在演奏了一段长长的、沉闷的乐章以后，突然拨动了一个响亮的音符，听众预感到一段清新活泼的乐章要开始了。而在今天，这雷声，把乌云带给人们的喜悦的丝缕，忽下子织成了一片希望的绿荫。

嗒！嗒！嗒！院子里法桐浓密宽大的叶子上发出了笨重的响声。

“下雨了！下雨了！下雨了！”孩子们充满喜悦地拍着手，叫喊着，满院子奔跑着。

同这第三条新闻一起，人们感觉到，汗毛孔周围打旋儿的、凉丝丝的微细的轻风。

于是，椅凳挪动，脚步杂沓，人声叽叽喳喳，经过短暂的骚动以后，院子里，大门边，窗户前，人们一个个站起来，像欢呼就要降临的救世主似的，张着格外明亮的掩饰不住兴奋的眼睛，仰望着天空。

咔嚓嚓！一声炸雷在头顶响过，铜钱大的雨滴打在冒着细烟的地上，一条一条的白色雨柱斜插下来了。

“终于来了！”

“狠下！把沟河都下满！”

“我以为老天爷真的不让人活了呢！”

人们如释重负地慨叹着，大声地评论着，愉快地咒骂着。有人抑制不住兴奋，呼喊着冲到露天地里，让凶猛的雨水从上到下浇在自己的头上、脸上、周身。

也难怪人们这样。这盛夏酷暑，把人们熬煎得够苦了！

算一下，今天是中伏第五天了。好像大自然决计要人们领略一下炎夏的威严是什么样子似的，今年一入伏，气温就日高一日，一进中伏，简直热不可当。

朝阳，总是受到人们亲切的赞叹。可是，伏中的朝阳，却不讨人喜欢。离子夜刚刚四五个小时，它就急急忙忙地跳了出来。人们张开略觉肿胀的眼睑，抬起仍感昏沉的头，拖着汗涔涔的身体，疲惫地从床上爬起来，就看见一个刺目的、燃烧着的火球。

那火焰一下子烧亮东边天空，一阵阵灼热的气浪就向人们扑来。

太阳，这个宇宙成员中最光辉煊赫的角色，它的凛凛威风也许在炎夏伏中显露得最充分。说“赤日炎炎似火烧”好像还不够，那个“似”字改成个“胜”字，倒更妥帖些。离正午的时候还早，那周天的烈焰已经烧到了白热化，世间万物都在它的试炼和考验面前，体味到了它那无穷无尽、无边无际、不可抵抗的神威。

及至当午，日轮像稳坐南天的帝王，凝然不动。确实，万物如在红炉中。

五谷禾苗偷偷地卷起了叶子，过量的蒸发已经把它们的勃勃生机搞成半枯半焦的状态。大树的枝叶也是一动也不动，好像一动就要被抓住什么过错似的。

空气也好像被炼得凝固了，一点儿也不敢疯疯癫癫地自由自在地东游西荡。那空气的干燥，使人们觉得，只要划一根火柴，就能够点着似的。汽车偶尔驰过，带来一股热风，卷起一溜尘土，活像从蒸笼里冒出来的热气。

鸡、鸭、狗、猫等小动物再也不敢轻举妄动，一个个躲在树荫下、门洞里，吐着舌头，喘着粗气，无可奈何地闭起眼睛。只有知了还有点狂劲，用它那裂帛般的嗓子，从凌晨到深夜，对炎热发出它的没有反响的、无用的“强烈抗议”。

人是聪明的。除非办不可的要事需要奔走以外，很少有人要去试一试自己在毒日头底下的耐力。此时，人们都把聪明才智用在避暑、解暑上。

老年人虽一时求不到高山幽洞，琳宫梵刹，进不得侵云经阁，接汉钟楼，但他们深信“心静自然凉”的养身之道，把本来就不多的活动也几乎都减了下来，只是或躲或坐，以静求安。

平时血气方刚、年富力强、以动为乐的人们，都在想方设法找寻避暑胜地。公园里、雪洞凉亭、风轩水阁、曲池流泉、河湾湖汊、杨柳荫中、梧桐树下，成了人们心向往之的洞天福地，聚集了一堆一堆赤臂露体的人群。

一丝不挂或穿着极简的孩子们，看上了两种东西：一是水。游泳池里，泡着不愿出来。自来水管旁边，小脑袋伸过去任凭冲洗，一盆一盆的半温自来水浇在身上。二就是冰。孩子们像忠实的卫兵一样跟着卖冰糕的小车。每当街上停下一辆拉着人造冰块的车子，孩子们就像采花的蜂群一样，呼一声围了上去，张臂伸手抚摸冰块，粘在冰上，拉车人赶也赶不走。

尽管人们想出了许多办法来减少烈日的威力，但效果却有限。

会议室、办公室、宿舍，到处充塞着热气。电风扇刮着呼呼的热风。人们手中的大大小小的手扇，好像都成了演员手中的摆设，没有实用意义，那风力太微弱了。用力扇起的一小片热风甚至连胸口窝的细汗还撵不走呢，可那手背和手腕却渗出了大大小小的汗珠，作为摇扇的代价。

吃饭也成了苦差事。尽管不停地摇着扇子擦着汗，但一餐吃过，仍是一身水淋淋的。有人索性不吃热饭，而去吃冷食。只是在这时，人们才发现冷饮店是开设得太少了，铺面也太小了，解暑饮料的功能也太低了。当人们喝着冷饮时，心口觉到了凉意，而一放下杯子，汗水就跟着冒了出来。西瓜棚里，人们口一动，瓜汁和汗水同时扑嗒扑嗒地落。身体凡是成线条的地方，都成了汗水的运河。眉梢、眼睫，鼻尖、鼻凹，嘴唇、嘴角，背脊、腿弯、胳膊肘儿，都一批接一批地渗出细细的汗珠，好像比赛哪块地方汗的产量最高似的。

酷暑的白昼是难熬的，但伏中烈日的威风一直到晚上仍不稍减。那烈日好像既不留恋东海，也不想念昆仑，清晨起得是那样早，而落山竟是那样迟。直到下午八点钟，它的余炽仍然继续射向被它烘烤了一天的大地，然后留给人们一个热气蒸腾、闷热、烦躁、不能入睡的夜晚。

已经是第六天了，天气预报照例是：晴，最高气温 38℃。这预报像枣圪针打在人们背上，痛苦加上焦心。

虽然温度并没有日高一日，但人们感觉这燥热是日甚一日了。大家诅咒这没有心肝的老天爷：“不让人活了！”“该崩溃了！”有人愤愤地宣称：与其在酷暑赤日下热死，还不如生活在暗无天日的阴天里。

人们日日关注着、盼望着，被赤帝从大地和万物身上“征召”来的水汽，能出现一支“反叛的义军”，腾空而起，举起蔽空的旌旗，布成“乌云阵”，进而发起翻江倒海般的进攻，来场暴风骤雨，以驱赶这窒息人的暑气，冲刷大地万物的尘埃，洗去人们身上的汗污，解脱这无边的苦难。

物极必反。天遂人意。极度的炎热，无量的蒸发，必然带来大风大雨。好了，盼望终于变成了现实。

只有经历过这番盛暑熬煎的人们，才能体味到一场暴风雨的到来为什么那样使人欣然、怡然、陶然、醉然。要说只有盛暑之苦，没有一点儿盛暑之乐，也许不太全面。但这“乐”中饱含着多少苦味啊！

还是不要这乐吧！尽管是天道有常，季节不能改易，但我还是盼望老天爷能让人类过上四季宜人的日子：风，和而不猛；日，丽而不骄；气温，适宜人而不熬煎人，以便人们愉快地劳动、畅快地休息、欢快地生活。

我更盼望的是人类的科学和文明进化到这样一个地步——人，终于能够有足够的力量和老天爷达成协议：大家作为互利互惠的朋友，包括太阳在内的天地万物，如果发生有害于人类的行为，人类有权制止并加以改变，任何一方都不能要求对方怎么样就得怎么样。这当然主要看人类一方今后的本领了。

1980 年 7 月 27 日暴雨中

冰的写意

冬晨，在中原，田畔渠中，河里湖里，全结了冰。玻璃窗上镶满冰花。

好惹眼的冰啊。

有一句现成话正好用上，如花似玉。真的，那姿色真有点儿迷人。尽管冰的颜色随附着的地方和物件的颜色而变化：有的碧、有的青、有的墨、有的黄，但都泛着一层亮光，显得容光焕发。

它那姿态颇有几分不俗。或狭长，或平阔，或如带，或如镜，随物赋形，随方就圆。乍看，均是一片平白；细察，则见巨幅画面或一角方框内，淡、深，明、暗，如丛丛斑竹，如松塔杉林，如牡丹菊影；又像斗牛飞马，游鱼跑兔，立象卧熊；还有的或高或低，或陡或坡，极似峰峦山谷中云卷波涌。

这冰，它是一个世界呀。

冰，有没有性格呢？所谓冰肌玉肤，所谓冰清玉润，所谓冷峻高洁，甚至有几分骄矜、威严，说的正是这个。

平日里，它不大露面。每当寒凝大地，它就生当其时。倏然而降，抖擞精神，大出风头了。

它先令严霜作为前卫，继而将自己打扮得银枝玉叶：衣服穿了一层又一层，首饰戴了一件又一件，甚至不管自己的体形臃肿到一米两米，头上堆积到十层八层。为了执拗地表现自己，它不惜屈身于树枝房檐，附在人们的发梢衣角，粘于草叶麦苗，甚至水龙头口也挂着它的身子让人家吐不掉。

为了打扮自己，它把大地上的水分都征集起来，甚至连它周围的土地都被抽得瑟缩地抖。哪怕藏一点水分，也要吓得起一层鸡皮疙瘩。它这样做从来都是一意孤行，不管人们是喜还是怨。

但是，冰是有天敌的：太阳。太阳对它一点儿也不客气，它不理睬冰花冰枝频送的炫目秋波，甚或哀怨的泪眼，回报的只是一脸凛然——那目光最初极温柔，继而越发严厉，不容置疑地让它回到原来的地方。

于是，冰流着大颗大颗的泪，流着淋漓的大汗，流着汩汩的血，金钿坠落，玉魄瓦解，骨销形散，或化作若有若无的轻烟，或跟着流水，呜呜咽咽地走了。

我忽然觉得，我看到的冰花、冰山、冰树，似乎全是幻觉。冰消雪化，我心里和暖起来，空气也轻松起来，清新起来。

1983 年 1 月 2 日晨

冬日游黄河河心记

今日的黄河河心游，我有一点梦幻的感觉。

只是一眨眼的工夫，一种被叫作“气垫船”的新式交通工具，把我们送到了黄河河心。

我曾经想过多次，要乘船在黄河里好好游一游。却未曾想过，冬日里跑到黄河河心驻足漫步，今日竟成了真的。

这是一片沙洲。河水退下去了，退得很远很远，主河道只剩下很细很仄的河床。广阔的河床成了大片大片的沙洲。

在此之前，我还未曾见过这样刚刚出世的陆地。

一色的黄土凝成广阔的任意多边形。确实是一色，这是经过千淘万滤的黄土，每一颗细粒都晶莹如玉，由于饱含水分，它由通常的土黄色变成了米黄或象牙色。很嫩，很纯，又柔，又软，极富弹性，水豆腐一般。

有人说像席梦思。望上去，平展展。细看，可见起伏的曲线。偌大一片，找不到一只脚印。有清晰的细细的印痕，那是河水撤退时留下的，最后退去的一条条水流留下的纹饰。不规则的图案似中国画大写意。

“是的，单纯，大自然的这种单纯蕴含着丰富和伟大；人间却有相反的情形，在复杂中只有贫乏，二者形成对照。”同游的鲁枢元感慨不已。

哪里曾见过，又是在黄河的河心：古老的黄河竟有这样孩子般娇嫩的肌肤！

有人说这是处女地。我没有点头，沉吟着在想。不错，这是造物主刚刚造好的一片新地。要说它是处女地，它也是别样的处女地。通常所说的处女地，多是林莽荒原，杂草荆棘丛生，未曾开垦过。这里连毳毛也无，整个一个新生的婴儿。

这是黄河母亲孕育的婴儿。你看它婴儿式的面孔，婴儿式的肌肤。它似乎是趴在母亲胸脯上，一边吃奶一边亲昵戏耍呢。我似乎还可以听到一种细细的咯咯咯的笑声，也许是周围的流水声。我真的看见它是含笑的，一种弥勒式的笑容，神秘、和谐、天真。

这片无名沙洲，其实可以称作婴儿洲。

我又疑心这婴儿洲是黄河母亲的化身。

黄河，奔腾了几千公里，忙碌了大半年以后，在这冬日，它要找一个安静一些的地方歇息一下了。于是在这中下游的分界线——郑州一个叫桃花峪的地方，一个极其平坦开阔的地段，留住了脚步。此处河面宽达10余千米，上可回味咆哮西来之经历，下可一览奔流赴海之前程。高远，空阔，水波不兴，苍苍茫茫，迷迷离离，空气也呈半透明状。黄河老人可以在这里袒胸露腹，舒坦舒坦了。

更有趣的是，黄河老人还可以在这里指点评说亲眼见过的天下大事古人胜迹。

就在这婴儿洲南岸，就见黄土高原壁立如山，层层叠叠，一条峡谷奔来眼底，这就是2200多年前划定的著名的楚河汉界——

鸿沟。在这条渊深的峡谷上就是汉刘邦和西楚霸王项羽争霸的王城遗址。

黄河老人似又陷入沉思之中，忆起那时此地天地间响起的战马的嘶鸣，楚歌的悲伤，虞姬的诀别，项羽的浩叹，刘邦的笑声……

黄河老人轻松地笑了：刘邦项羽呀，你们打了四年架，中间划开不共戴天的鸿沟，但你们今天在哪里呢？

当我离开河心沙洲的时候，我发现这些笑声，原来是从我心里发出来的。

此次河心游往返不到一小时，但我这份愉快却是前所未有的。感谢气垫船带着我越过河滩、陆地、水面，飞掠而至河心，又从河心飞掠而回，这种腾飞感和梦幻感，是我未曾体验过的。

1992 年冬

腊月忆蜡梅

清晨，我披衣坐起，就见窗外漫天皆白，原来夜晚下了一场大雪，转脸又见阳台上那盆蜡梅绽开了点点虎蹄。随着鹅毛般翻飞的雪花，一片片飘着清香的梅园，在我的脑海里浮现。四年前的一次愉快的旅行重现在我记忆的屏幕上。

……

也是农历腊月，连续几天降雪。一位大学时代的同学突然冒雪驱车来访。他不容分说，把我推进汽车，坐定后才说他是来还愿的：拉我去鄢陵赏蜡梅。

我是喜出望外。十多年前我曾去过一次鄢陵，那时我的同学向我吹过鄢陵的蜡梅，说是清朝乾隆年间一位刑部尚书写过“鄢陵蜡梅冠天下”的诗句。又说 1959 年北京农学院的专家到鄢陵实地考察以后确认：中国蜡梅，以鄢陵最为著名。但那时爱花谈花是不合时宜的，只能悄悄地说，好像在谈论一件一去难返的遥远时代的童话。我希望能亲眼看一看，哪怕是蜡梅的干枝和枯桩，结果却是失望。

今天，行了！

要是在百花竞放的春天，再添一样梅花也许算不了什么。但在严冬腊月，寒凝大地，万物萧疏，特别是平原雪野，唯独蜡梅凌寒开放，就不能不令观者刮目相看了。

在县园艺场，有两片梅圃，也叫梅园，那里花事正盛。条条疏枝上，梅花点点、朵朵、簇簇。细看盛开的梅花，只有一只蜜蜂那样大，娇娇小小。奇的是，它不要任何绿叶扶持陪衬，俏容独立，而且小小花朵散发着夺人的清香，估不透那小不点儿花蕊里蕴蓄着多少芬芳。看着无数蜜蜂大小的黄花白花，处在香溢四野的氛围中，我恍若听到采花蜜蜂嗡嗡嗡的声音，竟至忘记腊月的冰雪，群芳争艳的春天好像忽然来到了。

蜡梅，她给人的是这样一种美：不带任何藻饰，没有任何声势铺张，一点儿也不具引逗意味；凝重、端庄、纯正、厚实；她给人的印象只是一个黄色的点，但在人的心里，却能化成一篇心香满怀的华章。

我听说，鄢陵蜡梅中有一个品种据传是宋代苏东坡受贬时送给好友王主簿的，叫老苏梅；还有一个品种据说是明代山东布政司参议、鄢陵人陈澹亭从孔府中移来的，叫圣府梅；还有花师们从神农山上采来与当地品种嫁接而成的，叫金莲花梅。我提出要看这几种。花师们笑着说这都绝迹了，只留下个念想。我的学友说原先县政府院内有一株老梅树，夏日荫庇整个院子，冬天繁花满树蔚为壮观。但是在“十年动乱”中被毁坏了，留下的也只是遗憾。人们心中向往的许多事物，命运就是这样，我只好叹惋。

不过，眼前的也够看的了。

被称作绝佳品种的，叫素心蜡梅，鄢陵人常常引以为自豪。这一种蜡梅花瓣淡黄，花心洁白，花香芬馥，花开后如金钟悬挂，又名吊金钟梅。还有一种名字叫得别致，也有生气，叫虎蹄梅。

它花开五瓣，形若虎蹄。其花瓣外层金黄，里层为玫瑰红。还有一种叫磬口蜡梅，好像是羞答答不想开花，一开很快就败了。在鄢陵，素心梅和虎蹄梅是当家品种，在国家、集体的花圃和农家院内随处可见。

我这里说随处可见，是夸张了点儿。但在姚家村，确是实情。到鄢陵赏梅，最不能忘记的是姚家村。在姚家村，我才真正领略了鄢陵人对蜡梅的喜好。

姚家村是蜡梅的世界。这里家家庭院内大都少不了三样东西：花圃、花房、花窖。即使有庭无院的人家，门前也常有三株五株干枝梅。要说这村子是个梅园也不为过。在城里，许多人家养花不过是闲情逸致，姚家村人却把养花搞成了产业。

中国农村和中国农民有些事真让人估摸不透。你想象不到，姚家村因养花而纵联历史，横接海内，演出多少故事！

姚家村养花是祖传。有人计算如今已传到第 11 代或第 12 代，少说也有二三百年的历史了。这养花是怎样开始的，史书无征，已经难以确考。据传明朝时鄢陵人居大官的很多，有所谓“朱明天下鄢半朝”之说。但清朝以后，这些大官的后代不愿入仕，开始养花种草。这些大官们的私家花园本来就有花工花师，种花发展起来就比较容易了。

有一个大胆的估计，说那时鄢陵县种的花木“几近千亩”。在农村，特别中原农村，这等规模可真算一奇。这些花木，当然主要用来供奉朝廷和达官贵人，但花工花师也因此出落了出来。姚家村正是养花最出名的村子之一。

姚家村的出名首先赖于它的花工、花师。清初皇宫御花园里就有他们的花工。而中华民国以来特别是 1949 年后，姚家村花师几乎遍于中国各大城市的公园。

一位从西安退休回来的花工告诉我，1954 年有过统计，姚家村当时在西安就有四五百口人，在各机关、各公园的花工花师就有三四十人。另一位花师讲了刚刚发生的一件趣事：去年冬天，一位港商在武汉东湖风景区看到那里培育的佛手很好，准备买下拿它打进国际市场。但嫌数量太少，问花师哪里还有，花师说河南鄢陵姚家村有。客商赶到姚家村，要求全部买走他家的佛手，但仍不满足，就问哪里还有，他们告诉客商说郑州市紫荆山公园有。客商又赶到郑州。原来这三位花师都是一姚姓人家，其中两位是同胞兄弟。

就在我访问他们前不久，姚家村一位年仅 26 岁的青年接受非洲一个国家的聘请，告别新婚的妻子，安排好用新方法插播的一院蜡梅，前往异国去做花师了。

去鄢陵赏梅前，我脑海里一直有个问题：鄢陵蜡梅何以能“冠天下”呢？到了姚家村，这个问题我有些悟了。

在一位年逾花甲的老花师家里，我们一边欣赏他的花圃和三个自制暖房，一边向他请教鄢陵蜡梅的好处。这位老人爱花成癖，一谈花就来劲道：“全国许多地方都产梅花。陕西有一种叫作白玉碗，花色半白，淡黄，开的花形像碗口。这种梅花，西北五省都有。在两湖江西一带，也有素心梅。扬州、镇江和四川，都有上好的梅花，但鄢陵蜡梅别有特点：一是花色黄，黄如金；二是蜡质厚；三是香味浓。这三条，别处的梅花是差那么一点的。还有花朵也大些，花形也不同。我一看花骨朵儿就能分出来：鄢陵蜡梅的花骨朵大，黑青色；而外地品种的花骨朵小，颜色是紫黑色。鄢陵蜡梅所以好，是因为咱们这中原气温适合，水土好。安徽、江苏、浙江都引进过鄢陵的品种，但不几年都变质了。”

他说着，脸上泛出自豪得意。

我不懂养花，但这位师傅的话我听懂了。欧阳修写过“洛阳地脉花最宜，牡丹尤为天下奇”的诗句，看来，洛阳牡丹称奇于天下与鄢陵蜡梅独胜于国中，其理一也：地灵。但地灵与人杰相结合，才能出现奇迹。像这位姚师傅，过去也是以务农为生，足不离村，养几株蜡梅也只是保住祖宗的爱好，但近些年却成了养花专业户。他不仅培植蜡梅，而且搞“南花北调”“北花南移”，充分利用中原气温水土特点，发展各种花卉。他的足迹到过南、北、东、西许多地方，花木远销西北、东海，一次成交额达一两万元。他不只是花工花师，而且是精通花卉市场的企业家了。

正是缘于对鄢陵蜡梅美的价值的领悟和自信，蜡梅作为产业在全县迅速发展。1978 年全县只剩下几十株蜡梅，到我参观时已经发展到几十万株。县政府刚刚请来 50 多位在全国各地的鄢陵花师，共商发展蜡梅和各种花卉的大计，又同珠海特区花卉公司等签订了联营合同。“上有所好，下必甚焉”，以蜡梅为龙头的花卉生产正成为鄢陵农民的一个新的经济领域。

……

美是融入生命的感受和体验。令人难以忘记，是其特点，也是检验的试金石。年年腊月，尤其落雪的日子，我总要想起鄢陵蜡梅，重新体验一次美的享受。

今天，我眼前又浮现出一大片一大片点点簇簇黄金般的蜜蜂似的花朵，似又置身于奇异的清香之中。我必须写下——早该写下这中原一绝、一奇，才能心安。我还想问一问鄢陵人：近几年，鄢陵蜡梅又有多少新品种？又有多大新发展？

1984 年 1 月

绿 河

我在郑州生活了几十年，闲暇时间的安排，散步是一大项。无间寒暑，不论住所改变，散步几乎是雷打不动的。不同的是散步的地点有了变化。

20 世纪 80 年代我写过一篇散文，诉说在金水大道和文化路上散步的感觉。忙碌了一天后能在浓浓的绿荫下散步或者在合抱的大树间穿行，我把它算作郑州人的一个幸福指标。当时郑州被外边的人称为绿城，我十分认同并且以此自豪。但后来，我这样的轧马路越来越少了。因为绿城的感觉越来越找不到了。几乎在不自觉中，我像候鸟一样，散步地点往郊外转移。特别是最近一些年有了车子，我就喜欢往北郊黄河那边跑。

桃花峪那一段刚刚开发的时候，我曾随着机关的同志到那里挖河，在山头上植树，为建设黄河风景游览区出谋划策。邙山头上虽然只是一片一片新植的树林，但我已是它的常客了。

与之同时，我无数次地在广袤的黄河滩徜徉。除了体悟黄河的苍茫雄浑，更多的是要在黄河流经郑州市的这几十公里大堤上，看一看春天的烟柳，夏天的绿杨，秋天的黄叶，甚至在寒冷的冬天坐气垫船到河心沙洲上去感受母亲河的体温。虽然绿色只是星星点点、片片段段，但我的感觉总是亲切的、新鲜的。

与此同时，我注意到了“黄河大观”的开发。我参加过那里早期的策划活动。看那宽阔的一泓废弃的澄沙湖，大片沟壑纵横、凹凸不平的丘陵地，空阔而静谧的洼地，树木虽然不多，却仍是邙岭独特地貌上的亮点。

这样煞有介事甚至煞费苦心地选择散步的去处，有必要吗？除所谓的一点点雅兴以外，不能不说是被城里日益严重的“污染”逼出来的。是的，我在寻找宜人的绿色。

实际上，不光是我。越来越多的人同我一样，跑到黄河边郊游，除了想休闲，更想看看绿色，换换空气。显然，这种情况被有关方面的领导敏锐地意识到了。郑州市的惠济区，近年来以生态建设为目标的成套工程做得很有成效。适应人们的需要，以“绿染”来对抗和消解“污染”，而就速度和规模来说，简直有一点绿色生态革命的味道。我作为一个见证者，常常感到要刮目相看了。

不就是栽树嘛，何以用“革命”这样的大字眼？当然是栽树，但他们的视野大、思路宽、做法新、动作快，颇有超出常规之处。

把黄河作为天赐的风景大观，把黄河大堤两边作为绿色生态革命的大战场，天地太广阔了，空间太大了，文章做大了。

惠济区黄河大堤外侧防护林宽 500 米、长 26 千米，大堤内侧防浪林宽 500 米、长 133 千米，形成一道宽 1000 多米的带状森林，植树 270 多万株。仅此一举不仅起到保持邙岭水土、黄河防风固沙、涵养水源的工程效益，而且可使郑州市人均绿地面积增加 9 平方米，且不说速生林木的间伐还有十分可观的经济效益。显然，惠济区的此次动作不是惯常的植树造林，而是要在科学发展观统领下打造生态强区。按照林业专家帮助制定的全区生态建设总体规划，领导者从黄河大堤的绿色长廊建设开始，又建了索须河林带、贾鲁河林带。在邙岭上建设14000亩的邙山生态园区，在黄河滩地建设40000亩的黄河生态园区，在靠近市区建设500亩的大河生态景区。同时，政府在道路、庭院、村庄、园林以及四旁绿化上制定能够调动各方面积极性的政策，加大力度，力求实现道路林荫化、农田林网化、庭院花园化、郊区森林化。经过近几年的努力，仅有20万人口的平原地区，林地已达10万亩，森林覆盖率达40%，成为国家级绿色农业示范区，专家估算其生态价值达20多亿元。

就我个人的感觉，这里的绿色正在由星星点点、片片段段，到成方成阵成片，变为绿洲，绿色长廊，绿色屏障，渐成绿色世界。曾经光秃秃的、广袤的邙岭成了郁郁葱葱的景区，无边绿色和雄浑的黄河相映生辉，本来树木不多的5000多亩黄河大观成了森林果岭。即使在黄河滩里，春、夏、秋三季也是满眼的树木花草，好像没有边界的公园。生态学者说它成了郑州的氧气制造工厂，“城里人”把它作为休闲的去处，外地游客把它当作一睹大河风采的独特旅游景观。

确实是应当刮目相看的。由邙山开始的黄河风景区的建设只不过二十几年，成规模的生态环境建设大文章才刚刚开头，情景已经如此改观，流经郑州的黄河大堤正在被林木染绿，大堤两边的林木正在使郑州绿染。如果黄河上下奔腾的河水被两条绿色的巨龙所掩映，黄河不就变成绿色的河流了吗？如果几十年、几百年一代接一代这样做下去，该是一幅何等神奇的景象！

2002年4月

云星月三赋

云赋

小时候在农村，二八月看巧云，是一件赏心悦目的快事。每逢这样的机会，天上美景总是引起我童心的好奇和遐想，要是那天上的棉山粮垛能落入人间仓库，那数不尽的羊群马队能赶到乡村的圈栏，那无数的瓦块能送给百姓盖房，该多好啊！

这些念头像多变的云朵一样，来得疾，去得也快，自生自灭了。那美丽的天堂离人间究竟太远太远了。

后来，我常想写一篇云赋，却一直是想想而已。直接触发我拿起笔来的，是在一次空中旅途上。

那是六月末尾的一天，我准备乘坐上午十时从北京回来的航班。不料，仲夏时节天气多变，果然天不作美。

清晨起来，就见那天空像一大块洗褪了色的浅灰色大幕，不知是谁在往下扯，天空比往常低多了。在我动身前往民航大楼的路上，脸上有凉丝丝的雨星飘来。抬眼一看，那灰色的天幕像浸透了水，沉甸甸的，越坠越低，颜色也由灰变乌，越来越阴暗。

眨眼工夫，像有狂风从天幕后边猛吹，只见这里那里涌出一大团一大簇的乌云来。有首无面的凶神恶煞，有眼无珠的妖魔鬼怪，乌龙青蟒黑熊灰猩，奔跑着，追逐着，拥挤着，翻卷着，聚拢着，好像在执行着什么攻城略地的、庄严神圣而又刻不容缓的使命，颇有非把敌人逐出国门并踏为齑粉不可之势。

心为物役，我的思绪也禁不住随着乌云狂奔起来。

忽然，吧嗒吧嗒的声音把我的思路打断了。我看见黄豆粒大的雨点冷不丁地东一颗西一颗地摔下来，砸在水泥地上，炸开一个个小小的水花。不一会儿，雨声由“沙沙沙”变为“唰唰唰”，雨丝由断而连，由细而粗，雨下大了。

我知道糟了！今天的班机怕是要延误了。

果不其然。当我们到达机场时，播音员正在告诉旅客飞机不能起飞，请耐心等待。

我们只好在候机室里恭候上苍开颜赏脸。

这时的天空，像乌云已经牢牢控制了局势的战场一样，紧张愤怒的情绪已经变得比较轻松，因为暴怒而显得乌黑的脸膛也变得稍微明朗了些，乌云也在趁机歇歇脚，喘口气，再也不那么急急地赶路了，带着重重的水汽的云在徜徉，或在低空和雨帘中轻轻掠过。在雾霭中，雨线亮亮地织成了广阔无垠的雨帘。

还算幸运，上苍不久就给了面子。夏天的雨来得猛，去得也快，只不过一个多小时，雨停了。

想必乌云是以雨为矢同太阳作战的吧，那雨一停，太阳可就要反攻过来了。这时的乌云已经弹尽粮绝，几小时以前乌合起来的兵马，现在是丧魂失魄，溃不成军，大有不堪收拾之状了。只见狼奔豕突，顷刻间纷然瓦解，无影无踪。

太阳卷土重来，君临上界，天晴了。

整天艳阳高照，也许不觉得太阳的妩媚。雨过天晴之后，特别是旅途遇雨又天晴，太阳也像换了新的，光华格外灿烂。

天空和万物都像新洗过了。空气就不用说了，像新充了更多氧气。天边偶尔飘浮着淡淡的白云，像什么神仙画家从天庭路过，信手运笔，轻轻抹在青山之旁，蓝天之上。又像从别的什么仙境飘来的片片银色的羽毛，若飞、若停，吸之若来、吹之若去。这时候，你鼻翼翕动，只觉洁净清爽，沁人心脾；纵目四望，只觉耳目一新。

但那一天，使我最为心旷神怡，思绪飞越的，是飞机越过一万多米的高空以后看到的云景。

我是头一次坐这种三叉戟飞机。我的眼睛盯着窗外。飞机碰着云了。钻进云层了。不，高高地在云层之上了。

谁能想到，我们往常在地上仰望苍天看到的云，都是离地面较低的，尤其是乌云。现在，在你的脚下，看见的竟是这样一副仙姿。

云山絮岭，连绵起伏，宛如海上冰山在浮动；各式各样的宫阙亭榭，由一色汉白玉雕琢而成，高高低低，连成望不到头的长街新城；阳光把这些银色的山峦和楼台勾出鲜明的金色轮廓。何曾见过这样的琼楼玉宇，除非在诗人艺术家的想象中。

这无边无际的辽远空阔，散漫成一个没有围栏的自然动物园，无法计量的珍禽异兽在这里聚会。沉稳的巨象、大度的白猿、从容的骆驼、安详的睡狮、肥硕的绵羊、伫立雄视的银鸡，以及凶猛的河马、矫健的海豚，甚至排列着的巨鲸，或卧，或坐，或行，或止。如同电影中的慢镜头，一切都在动，只是没有一点声音。

是不是都被这空蒙仙境中的静美陶醉了，都在默默地体味？

我也有点儿像驾着祥云遨游九天的神仙了。

由于老习惯的驱使，我又抬眼仰望天空。啊，湛蓝湛蓝的天空，无法测其高远。一丝儿云也没有，一点儿尘也不见。只有冰清玉润的月牙，“挂”在南天上。是“挂”吗？细看，无依无托，它“挂”在哪儿呢？难道是从哪里飞来的一把神镰突然定格在那里？

这是天空的真面目吗？我问自己。往常，我总是把云和天搅混在一起，其实云层和天空本是两回事。“拨开乌云见青天”之“青天”，原来只有站在云头之上才能体会得真切啊！

这时候，我脑海里忽然涌出许多描写云的诗文。然而，所有形诸文字的千姿百态、千娇百媚，一同我眼前亲见的景象相比，都不免失色了。

记得上学时读屈原《九歌》中的《云中君》，诗中礼赞云神“烂昭昭兮未央”“与日月兮齐光”“龙驾兮帝服，聊翱游兮周章”“览冀州兮有余，横四海兮焉穷”。我很钦佩屈子“精骛八极，心游万仞”的想象力，但对云中君的感觉终较模糊。有了这一次亲历，云神的形象成为在我心中有根有梢的生气勃勃的生命了。

当我结束这次空中旅行的时候，一个极普通的现象引起了我的注意：田野里禾苗因一场夏雨刚过而变得生机盎然。于是，在我脑海里迅速闪过一个念头：无云何来雨，无雨何来五谷丰登、牛肥马壮、新房林立？我儿时的遐想，真还包含着点辩证法的萌芽呢。

1980年3月30日

星赋

久住城市的人，还知道星移斗转吗？

这确实成了一个问题。

人们习惯于报纸、电台、钟表和历书来报告月份、日期、时辰和气象；到了夜晚，则更习惯于辉煌的灯光；林荫大道枝遮叶挡，楼房高过十几、几十甚至上百米；城里人就这样生活着。不能说城里人无天无地，但大家对于头顶上的天空留意得越来越少，除太阳、月亮之外，对壮美的天球、繁密的星辰和奇妙的行星运动，几乎看不到或视而不见了。

这真是一件憾事。数万千年以来，人类的这些“至爱亲朋”，在当下好像有点儿疏阔了。

在农村，却不一样。人类的古朴的遗风在农村比城市保留得多一些，天上的星辰对农村的居民似乎比城市的居民感情更深厚一些，关系更亲密一些。

太阳像一位威武、严厉的司令，巡视奔忙了一天，要去山野丛林休息了，月亮出来代班。群星像卫士一样一个个站到了自己的哨位上。晴夜的天空像无边无际的帐幕，有时呈现出蔚蓝色，叫人怡神悦目，明明暗暗，算不过来的天灯让人心中一片澄明；有时呈现出宝蓝色，闪闪烁烁，数不清的镶嵌珍宝，凝重深邃，牵人思绪。这景象使人想起古人庄周说过的话：“以日月为连璧，星辰为珠玑。”这确是对夜空的简洁精到的描绘。

有月有星的夜晚，与星月无光的夜晚，是大不一样的。

星星真有神智吗？为什么它们有的在天真活泼地眨眼，有的表现出富有诗意的朦胧，有的则是光芒四射的明目？一当满月中天，星星们大多自动把芳姿掩了起来，让月姑娘尽情地显露一下光彩。新月如钩或上弦弯挂，天宇薄明，天幕也被抹上浅浅淡淡的月白色。放眼乍看，偌大天空，星星只有这里那里不多几颗。但睁眼细瞅，却又点点团团，林林总总。雨罢乍晴，风流云散，此时的星星最为可怜：像忍受离别的痛苦又得以重新眷顾人间，一个个眨着水汪汪的眼睛，含泪带笑，情意绵绵。

试想：月姑娘如果没有星星陪伴，该是多么的孤独；夜空如果没有星星点缀，该是何等的空旷；无月无星的夜晚，人们该是何等无趣!

星星的风姿简直是不让日月的。月亮尽管有形体和色彩明暗的变化，但终因只有一个，面容的变化有限。太阳当然是光华灿烂的，但它耀眼的光芒也许遮掩了人们丰富的感觉。而围绕太阳旋转的一颗颗行星，却异彩纷呈。明亮的金星，神秘的“红色”火星，有着异常迷人的光环缭绕的土星，耿耿闪耀，堪称美的代表；银河两岸罗列密布的群星，以妙不可测的神秘，组成美的集合。

还有那种颇类似于人们脑海中常常闪耀的思想火花的，是经常出现的流星。

奇异的光亮一闪，转瞬即逝，时间只有几分之一秒。它的体积很小，天文学家说它不会比米粒大多少，可能是彗星或陨星碎片。据观测者估计，在夜间的每一小时，用肉眼可见的流星有十颗左右。这种流星到子夜以后，直至凌晨，越多，越亮。据估计，每日的流星竟有八十亿颗。有一种叫作火流星的，发出的亮光堪与满月匹敌。偶尔还会遇到一种流星雨，当它发生时，一小时就有数以百千计的流星掠过。在我想象中，它像滚过天庭的宫车，其辐条一个个从轮枢中被射出；又像一个爱玩耍的天女，站在一个神秘的地方，顺次扔出许多闪光的石子；或许是不甘于按照一定轨道飞转的魔怪，企图逸出来自由一下，但得到的却是粉身碎骨，只有一点亮光作为报偿。

星星的美丽，人类世世代代欣赏着，同时，也思考着星星的奇妙。

星星本不是有情物，它与人类默然相对，不远也不近，不热也不冷。但热情的人类总是觉得它同自己的生活有某种割不断的联系，并从一厢情愿出发，首先向它发出了相思之情，面对星空做出多种多样的解释。

古人把茫茫的星空，依据星宿排列的图案，如同一个国家的省区一样，把星空划分为大小不等的天区，并把地面的每一区域都放在某一星空的范围之内。如我国古代天文学家为了观测天象，选取了二十八个星官作为观测时的标志，称为“二十八宿”。

古人发挥奇异生动的想象，赋予各种星斗以优美的形象和名称：火熊、虎豹、天鹅、天鹤、凤凰、飞鸟、巨蛇、豺狼、仙女、玉帝、牵牛、织女、船尾、船帆、宝瓶、时钟等。人们把天空中那条长长的繁星密布的带子叫作天河。

为什么会有一条天河？那是王母娘娘为隔断织女和牛郎这对情人而用簪子划成的。为什么天河上有一片星星密密麻麻？那是天上的喜鹊为帮助牛郎织女相会而用身体和翅膀搭成的鹊桥。

这个故事流传得如此广泛又如此深入人心，许多诗词戏曲都以它作素材。但实际上，如杜甫所慨叹的：“牛女年年渡，何曾风浪生！”哪有天河和牛女呢？

从艺术的角度看，许多富有想象力的神话传说，表现出人类的极端聪明；从科学的眼光看，则往往是一种可笑的愚昧。人类之所以这样痴情同时执拗地传颂这段爱情故事，是要以这种方式宣称，星空也有如人类一样的世界。

古代长期流行一种占星学，根据行星的运动来预卜吉凶祸福。比如彗星的出现，被人们视为灾难的征兆，或附会为某个大人物的生死。公元前 43 年的彗星，古罗马人把它当成上升天堂的儒略·恺撒的灵魂。1811—1812 年的彗星则被称作“拿破仑彗星”。

我国的史书和小说中，一再出现所谓某个帝王大臣“上应某星”“某星下凡”或星陨预告人亡的情节。《水浒传》上的起义军领袖们也演了一出“石碣受天文”的好戏，借用迷信的力量，表示梁山泊列位“上应天星”，合当聚义，并且“天罡地煞星辰都已分定次序”，不必争夺地位。

还有这样的传说，说地下异物的光华，必然焕发为天上的宝气，在星辰间反映出来。《晋书·张华传》就有一个丰城宝剑的故事。说晋初牛斗之间常有紫气照射。一个叫雷焕的告诉张华说，宝剑之精，上彻于天。张华命雷焕寻觅，果然在丰城牢狱的地下发掘到宝剑一双，一名龙泉，一名太阿。后来，这一对宝剑没入水中，化为双龙。

这种传说，来无影，去无踪，怪诞而又神秘。

喜好思索和探求事物的奥秘，这是人类的一种天性，也是一种巨大的快乐。人类凭着这种天性焕发出来的聪明智慧，经过长期的实践，逐渐发现了星星同人类的生活和文明进步的关系。

早在 5000 多年以前，一些从事农植的民族已经把季节的更替和日月星辰的运动联系起来，创造了古代的天文学，从而摸索到谷物种植的季节，河水泛滥的时间，以兴利避害。

早在 4000 多年前，中国就已通过对星相的观察创造了基本正确的历法，现存河南省登封的“周公测景台”是世界第一个拥有仪器的天文台。

古代航海家焦虑的是海路漫漫，风险丛生，因为在天上缺少一种可靠的时钟，一个航海的指路人。在长期的航海实践和摸索中，人类利用恒星导航，完成了一系列惊人的壮举。军事家和旅行家通过北斗七星辨认方向，以至钟表快慢的标定、历书的推算也都来自人们对星辰运动规律的掌握。

真理是时间的孩子。

像漫无边际的空间和无止无休的时间一样，人类对星空的科学认识经历了并且正在经历着漫长的过程。到了三四百年前的伽利略，星球运动的奥秘被揭开，优美无比的神学天堂被废除，主观想象的地球中心说被打破。以此为开端，人类对宇宙星空的认识进入了一个新时代。人们的眼界和思路一旦改变，星空和地球上人类的距离一下子好像缩短了。

一旦人们把眼界从自己的窄小庭院和附近的咫尺天地投向太空，人们就发现，星星世界虽然离我们是如此邈远，却又同人类如此接近。星星尽管仍和人类默然相对，不愿意炫耀自己的身影，不愿意流露自己的感情，但星空世界所具有的感人魅力却空前强烈。当科学的发展使宇宙飞船像今天的脚踏车一样成为普通的交通工具，使宇宙航行只不过像出一趟远差一样的时候，星星同我们居住的地球，就不仅不再是邈远不可期的远亲，也不只是过从甚密的近邻，而是可以朝夕相见的家人了。今天所称颂的国际主义就要为星际主义所代替。

星移斗转。星移物换。这一天的到来，只是时间问题。

1980 年 3 月 6 日

月 赋

人的感觉，常常因时而变。

月白风清的春宵，星河灿烂的夏夜，飞彩流辉的中秋，寒凝大地的风夕雪夜，在人们心目中留下不同的面目。

同一情景，感觉常常因人而异。

情人们爱夜的神秘，闲人们爱夜的清幽，劳动者爱夜的松弛，知识者爱夜的安静，盗贼和阴谋家爱夜的黑暗。

我爱夜，是因为爱月色。

城里好像是没有月亮的。高楼鳞次栉比，绿树夹道掩窗，电灯如星光闪耀，电视、电影、戏剧如家常便饭，常常把月亮的姿色遮没下来，或者将其弄得支离破碎。但仍然有人保存着赏月的兴致，元宵、中秋、周末、假日之夜，踌躇于庭院、广场，以至于登上楼顶平台，向月亮问好的，我是其中之一。月色赠给我的，是悠然怡然。

我曾经多次住在山中。那里，月出得迟，有时接近四更的时候，山坳里才吐出半轮月来。山高显得月小。一旦满月自崇山峻岭捧出，千山万壑明明暗暗，苍茫云海深深浅浅。月照大千的气势令人胸中凛然沟壑纵横。

江边海滨的月夜，景象自是奇特。西山金乌坠地，东海玉兔徐升。皎皎明月自海浪中出生，水淋淋地跃出海面，升上空中时，却又见它在海浪中翻涌。月光水光，你映我照，千里万里，无处不明的气象令人心中豁然开朗。

平原旷野的月色，最普通，但给我的印象却特别深。当然免不了有风沙蔽月的黄昏，愁云惨淡的晚上。但时逢三五的春宵、夏夜，月亮与悠闲一起来到人们身边。白日的炎热、尘土、汗雨、吆喝，都慢慢停了下来，退了下去。人们好像来到了另一个世界上。四周的环境也变了。月色溶溶，如银如水，洒满小院、全村；如纱如绸，笼罩整个大地；树影、屋影、人影，影影绰绰，朦朦胧胧。它使得平原的天更宽了，地更平了。在这种时候，人们如梦如幻，如醉如痴。洗澡、谈天、做针线活、听收音机，极度的放松、充分的休息，全由着你，月光总照着你。

我无意于颂赞月色，只是诉说我的感觉。这感觉是说不尽的。

它看上去是清冷的。有诗句说它“影自娟娟魄自寒”。《龙城录》上记载：唐玄宗游月中，见一大宫府，榜曰“广寒清虚之府”。古人这样解释，《淮南子·天文训》说：“积阴之寒气为水，水气之精者为月。”现今，科学已经揭开了月宫的奥秘。像这样的说法，人们已经清楚，那是感觉加想象的产物。不过，有一点值得注意，它们说月亮时都有个“寒”字。

在我的感觉中，月光的清冷，并不是给人们带来紧缩感，反倒是带来舒展和洁净之感。

一弯月牙挂在天边，像新磨过的银镰，一轮满月升在中天，像新拭过的宝镜、新洗过的玉盘。纤尘不染，清光四溢，看见它，眼是亮的，心是清的，神是醒的。月色像透明如水的水晶花，露水不停地为它洒水，薄雾不停地为它洗尘，有时宁愿多费一些露雾使它结成霜，也不使它蒙垢。有时，可恨的乌云硬要来玷污它。它躲藏，抗争，冲破云片。这样的时候，地上的花儿也为它手舞足蹈。难怪宋代词人张先因为一句“云破月来花弄影”而名扬千古，七个字画出的这番动人情景，实在是神来之笔！另一位词人辛幼安也曾这样幻想：“斫去桂婆娑，人道是，清光更多。”看来，人们总是希望月宫洒下更多的清光。

古人的诗词中常说“孤月”。“皎皎空中孤月轮”，人们把月夜独处时的孤独感受说成是月的脾性。我说，这是不准确的。它不是孤独，是宁静。

同熙来攘往、人声鼎沸、虎争狼斗的白昼比起来，夜是萧索的。但是，请看月里嫦娥的周围不是也有不少陪伴者吗？宫中家里是不用说了：仙子在练功，吴刚在酿酒，蟾蜍在装饰琼楼，玉兔在研制新药。周围呢？清风是最亲近的伴侣，星星在交换着鼓励的赞许的目光，有时白云在天边和身旁逡巡。空中，仙鹤偶鸣，翔鸟时过，雁阵北去，乌鹊南飞。地上，飞萤闪闪，蟋蟀唧唧。更有人间“浩歌待明月”者，歌声、琴声、书声，低吟浅唱，意趣盎然，电视、电影、戏剧装扮得良夜生色，更不用说夜战劳动者的欢声笑语了。

其实，月亮自己并不感觉孤独，只要看它那开朗的面容就知道了。

由于它宁静，因而带给人们的是难得的静谧，尤其是在噪声甚嚣尘上的都市。这静谧，对于深夜仍为工作而操劳的领导者们，对于精思妙想的科学家们，对于呕心沥血的文艺家们，对于伏案备课的教育家们，对于苦读深钻的青年学生们，对于各式各样辛苦了一天的劳动者们，是多么宜人，多么可贵！这是一种阴柔之美。是一种有别于壮美的优美。这种美，蕴藉含蓄，沁人心脾，令人沉思、沉吟、沉醉！

也许正因为这样，自然界和社会中常有力量来破坏这宁静。无端风雨，遮天蔽月，使人不得不“听夜雨冷滴芭蕉，惊断红窗好梦”；兵荒马乱，无心赏月，“万事干戈里，空悲清夜徂”“永夜角声悲自语，中天月色好谁看”；无谓的疲劳催人昏睡；难以排遣的忧思令人目眩；……要保护夜的宁静，颇为不易，但要破坏它，却极其容易。人们有太多失去宁静的痛苦记忆，由是而更加感到宁静的可贵。

宁静，不只是一种状态，更是一种境界。太阳是辉煌灿烂、光芒四射的，它给人无限生机，让人亢奋和昂扬，月亮也许比不上它的威力和威风。据说，即使满月时的月光强度，也只有白天太阳光的五十万分之一。但月亮自有太阳不及之处。

月亮总是那样恪守信诺，宵从海上来，晓向云间没，竭尽全力为人们做好事。挚友的想念，它可以代为寄送；游子的乡思，它可以代为传达；诗人的幻想，它帮助插上翅膀。愤世嫉俗者，也可借月光编织忧愁的丝缕，邀月光同酌共舞，问答解疑，以释胸中块垒。

大诗人李白月下独酌，以月亮、他自己及其影子“对影成三人”的故事让人忍俊不禁。李白还有一次在洞庭湖陪其族叔李晔等人泛舟，为美好的月光所陶醉，一时间以为自己拥有天下的月光，对月光可以自由支配。于是，幻想乘南湖秋水上天一游，还打算“且就洞庭赊月色，将船买酒白云边”。李白此时一定又喝多了：梦幻般美好的月色，可以为诗人的幻想和想象所任意驱遣，用不着花一个钱去买；但想拿它卖钱和抵押，那就一个子儿也不顶了。

中国史书上记载有不少家贫苦学、借月光读书而成就事业的人。南齐考城有一个叫江泌的，夜晚随着月光读书。月光西斜的时候，他拿着书爬到房顶上去读。有时读困了，从房顶摔到地上，他就重新爬上去再读。此人后来成了名人。

月亮对情人们也许格外热情。月老红媒，是中国古今传诵的民俗神话。传说唐朝有个叫韦固的，月夜经过宋城，遇见一个老人坐着翻检书本。韦固往前窥视，一个字也不认得。向老人询问后，才知道老人是专管人间婚姻的神仙，翻检的书是婚姻簿子。月下老人确实够热心而又周到的了。你看，他用夜色隔断世人的目光，用月色照亮情人的眼睛，用寂静来衬托情人的软语娇音，传达对方心房的跳动，又用凉意来促使情人偎依。更有那“夜月一帘幽梦，春风十里柔情”，为相思添无限的情趣。

泛爱众生，这大概是月亮的天性。它宛如一只巨大的天灯，把清辉普洒给人间，很难找到它一点儿私心，半点儿偏狭。不管是琼楼玉宇，还是蓬牖茅椽，无论山间平原，还是江河湖海，不管他是达官贵人，抑或小民百姓，不问古人，抑或今人，万代同辉映，千里共婵娟，都在同一个月亮的惠顾之下。它的爱是这样执着：玉户帘中卷不去，捣衣砧上拂还来。万籁俱寂，它默然无声地照遍各式各样的楼阁草房，泻进雕花的窗棂，也不会漏掉透风的柴门。静悄悄地抚摩着安眠的人或有心事睡不着的人，一视同仁，有始有终。

最使人感动的是，它做这一切的时候，一点儿不顾及自己有无好处，没有半点儿人过留名、雁过留声的念头。人们知道：它自己并没有光，而是借了太阳的光。人们看见：它把人间万物的影子留在地上，而把自己的倩影藏在水中。

1980 年 3 月 13 日

亲朋记情

老 屋

每年的清明节，我差不多都要回一趟老家。

那里，长眠着我的父亲和先人，我妻子的父母和先人。从千百里之遥赶来，依照先辈们流传下来的习惯，在墓前烧化一些黄色的草纸。乡人们说我又给老人们送钱来了。

在我，并非为这个而来。

我为的是到前辈们的墓地上停留片刻。

对于曾经抚育过、有恩于你的先人，虽然说只要内心里念想他们，并不在乎是否亲自来到墓地，但是来到墓地的片刻，仅仅是片刻，却总是一下子唤起我百感交集的回忆。同在远处的那种静静的怀念不同，此时此刻的凭吊，宛如来到亲人们身边。由“爆发般”的回忆而进入一种曾经一起生活时的状态，生命的激情升腾起来，一张张主要由爱与恩组成的图景纷至沓来。

先人的墓地似乎就是先人的家了。

同时，也好像成了自己的家。

但它毕竟不是家。扫墓以后，总是还要回到真正的家里。

只是，当父母不在家的时候，家好像已经不是自己的家了。

但是，还有父母的老屋在。那就是说，老家还在。

当你长期离家远游归来的时候，一见你的老屋，就等于回到了家里。

在幻觉中，不，不是，在真切的感觉中，像摄影机上的长镜头把久远的历史深处的风景拉成特写。

远远看见家门的时候，就看见了倚门而望的家人。

那是年轻时的父母。

正当壮年的父母。

他们都还不老，那时，只有祖父母是老人。

在我的记忆中就是这样。

他们像惯常一样在等待归来的孩子。

一进家门，进入视线的是正在戏耍的兄弟姐妹，仍然都在孩提时代。最奇怪的是，忽然在他们中间，你看见了那个孩提时代的你自己，那个流着鼻涕光着屁股的自己，以及那个为得了优秀成绩而骄傲却为拿不起学费而发愁的自己……

啊，一切，都还在，还在……在那刚刚的片刻。

但也只是片刻。

片刻以后，是现实，真切的现实：只有一个空荡荡的院落，一个空洞的家了。

在老屋的旧址上，又盖起了新房。

这所漂亮的新房是我的家吗？

我的泥墙草屋哪里去了？我原来的家哪里去了？

我陌生地审视着新房。

我原来的家还在：在新房的旁边，还留下了两间老屋。

那是我出生的地方，我生命的摇篮。

那里藏着我多少珍贵的、活生生的记忆！

在我的心灵中，它曾经是怎样一个高大、宽阔、温暖、快乐的所在啊！

我在母亲怀抱里的日子，都是在这间屋子里。那里边放着一张大床，我们全家五口人，哥哥妹妹、父母和我都挤在上头。即使是寒冷的冬天，这里仍是那样热乎乎的。

炎夏时节，父亲一身汗水从野地归来，一到屋里汗就消了。老屋的墙太厚，太阳晒不透。趁着父亲躺在用麻绳绑成的软床上歇晌的机会，我常常在他身上翻过来翻过去，有时恶作剧，用头发戳进他的鼻孔或者耳朵，让他以为是苍蝇或蚊子，我躲在一旁得意地咯儿咯儿笑。

可是，现在父亲早已去世了。早夭的哥哥和妹妹也只有在记忆中才能追回他们的影子。

这所老屋是多灾多难的。

最早，是日本鬼子进村，把它烧成四堵墙。大概是 1940 年左右。日本人将它烧毁，我爷爷又重新把它建好。我那时还没有出生，是听大人诉说的。

然后，是 1948 年的战争火焰，第二次把它烧成四堵墙。翌年，父母和爷爷把它又盖起来。这一次我已经是受害者和见证者了。

第三次是 1958 年的“大跃进”狂潮，使它再度只剩四堵墙。屋上的麦秸和椽子都在大饥饿中成了烧饭的燃料，四堵墙内喂养了一些从社员家里集中的猪羊。

这一次，直到 1961 年全家含辛茹苦才把它恢复。原来的五间只剩下三间，质量也大大降低。后来尽管常常出毛病，但只是不断地修葺，没有从根本上动它。最近一次重修房子，按说是应当把它从根本上改造的，但我仍然没有动它。

可是，现在，它与新房相比，太低，太暗，太老了！

它怎么忽然变得这样邋遢土气了呢？我原来的印象不是这样的啊！

一种莫名的忧伤在心中作疼，一种失落感在缠绕着我。

我几乎恼怒了：为什么要造这所新房呢？为什么要造一所超过老屋的新房呢？新房为什么那样神气地站在老屋的旁边呢？

我几乎不能接受这所新房了。

我连走进老屋的兴趣和勇气都一齐消失了。

也是片刻，闪电式的片刻。

我终于还是在新房里接待了堂兄嫂和邻里们。这里宽敞、明亮、排场。

但是，只待了两个小时，我就要离开。我不想多待。

我怅怅然。

我一边向帮助造新房的人们表示感谢，一边却在心里叨叨：这个家我今后不会多回来了，它好像已经不是我的老家了。

当妻听出了我的意思时，批评我说："你这人真怪，重新建房不是你决定的吗？新房不比老屋好吗？"

我只好诺诺讷讷地回答她："是，是，不一定，不一定。"

我不反对妻的看法，可我没有办法丢掉我的感觉。

1998 年 4 月 8 日

心 灾

中国人多数都有一个乳名，又叫小名。这是大人们给孩子所做的一个永久性记号。它记载着大人们各式各样的，简单的或者复杂的，明显的或者隐蔽的思想和情感。同时，也是孩子和大人进行沟通的一个通道。大人们的这个寄托和念想，对孩子来说伴随终生。

我的乳名就是这样。出生在乡村的我，本来是不大会追问自己小名的意义的。小时候大人们叫来叫去，也就罢了；但上了学粗识文字以后，就对与自己相关的东西关注起来。特别是，乡村孩子的小名一般都比较直观具象，浅显明白，可我的名字有些怪。大人们叫我“xīn zāi”(汉语拼音)，是什么意思呢？是哪两个字呢？按照通常的习惯，“xīn”肯定是新旧的新了，农民总是喜欢新的；那“zāi”呢，是栽树的栽，还是斋房的斋？是新栽了一棵树，还是新盖了一所房？抑或是别的什么意思？

我求不出来这个解。与同学们讨论，也说不清楚。我问父母，他们说名字是爷爷奶奶起的。一天放了学，我去问爷爷奶奶。爷爷神情严肃地说：“长大了再告诉你，现在说你也不懂。”但是正在卧病的奶奶心软了，她说：“已经是学生了，该知道了。”

“你的名字叫‘心灾’。”她说着用手指着自己的胸口地方，提高了声调说，“你是心里有灾，心灾！”

怎么能是这两个字呢？这两个字怎么能是名字呢？我心里想着，没有说出口。

奶奶把表情愕然的我拉到身边，轻轻抚摸着我的脑袋，眼里忽然射出一种少见的悲愤的光，牙齿像是咬着似的说：“这得从你的出生说起。鬼子进村了你出生。

“你出生的时辰，是壬午年的腊月初三（我后来查到是1943年1月8日）早晨太阳刚照到门楼角的时候。就是这一天，天刚亮，外头有人喊：‘鬼子来了！鬼子快进村了！马庄据点的日本鬼子就要进村了！’

“真是晴天霹雳啊！无恶不作的日本鬼子从据点里出来就是‘扫荡’啊！小鬼子是野兽，没有人性啊！他们端着上了刺刀的枪，到哪儿都是‘三光’（抢光、杀光、烧光）啊！

“该千刀杀的小鬼子怎么这时候来了啊！正是你快要出生的时候。一听说他们要来，男人们都藏起来了。家里只剩下我和你娘。我怕你的小命要葬送到小鬼子的手里了，我更怕你娘月子里有了好歹。听说鬼子已经从村东头进来了，你娘紧张、害怕，我更紧张。我只好请东院的恁大娘过来帮忙。就因为紧张，还没准备好，你就哇哇地落地了。

“这怎么办呢？日本鬼子是什么都能干得出来的啊！得跑啊。可是，月子里往哪里跑啊？亲戚家里不能去，远处也走不到啊。没有办法，只好去野地林上（坟地）躲一躲。可寒冬腊月，恁娘俩受了风寒怎么办啊？这风寒怎么抵挡啊？真是左也怕右也怕。但思来想去，走一步说一步，先躲过鬼子的刺刀再说别的。也是急中生智，也是没有办法的办法，我和恁大娘急急忙忙烙了两个又厚又大的油饼，用蒸馍的笼布包起来，让你娘前胸贴一个，后背贴一个，然后用两根带子勒上。先用它抵御腊月里野地的风寒，也能用它来挡饥。

“就是这样，我们抱着你，保护着你娘，在野地坟间，冻了一天。直等到看见日本鬼子驮着粮食，赶着牲口，狼烟动地地出了村。知道那是‘扫荡’完了，然后才回到家里。幸好你的命大，活了下来。可你娘从此落下了毛病。”

奶奶说到这里，已是气喘得厉害。她用质问的口吻说：“我啥时候想起来啥时候心里打战，嗓子眼儿里冒火：咱在自己的家过日子，日本人有日本人的地儿，他们凭什么来到咱们家门口横行霸道啊？世上咋兴这样的强盗恶魔啊？咋没人治治这些禽兽不如的东西呢？”

奶奶缓过一口气后对我说：“孩子，你真是有大灾啊！来到这个世界上开头就遇到强盗、恶鬼！差一点要了你的小命。你这是胎里带来的灾啊！我不知道怎样才能消掉这个灾。我听人说要消心里的灾就要把它说出来撂到明处。大家经常喊来喊去，灾就消了。我就给你起个小名叫‘心灾’！我孙子的这个灾，也是咱全家的灾，我知道我是一辈子不会忘记，我也叫你永远不忘记。”

在我襁褓中发生的惨烈的故事，不可能清晰地存留在我的记忆中。但是，奶奶对我乳名来历的诉说，已经并将永远成为我人生最深刻的记忆。我已经年逾花甲，知道我的乳名的人已经很少，知道我乳名含义的人更少。在60多年后，我之所以来告诉世人自己的一点近乎隐私的东西，一个重要的原因是那些企图淡化甚至涂改日本作为侵略者的历史罪责的人给我的刺激；同时，我也一直想记录并且传达这样一个令人心灵不无震撼的信息：

一个普通的中国农村妇女，是以这样严肃的直接的方式，让她的孙子永远不要忘记日本侵略者对自己烙印般的伤害。她如此深刻地把这种伤害诠释成“心灵的伤害”，而且如此富有远见地要所有的人们，通过她孙子的乳名，而对这种伤害和造成这种伤害的罪恶，永志不忘。

一个民族受侵略被蹂躏的历史和一个负有侵略罪责的民族的历史，都是人类的惨痛悲剧。为了防止历史悲剧的重演，它是不应当被淡化的，更是不准涂改的。

2003 年 12 月

红 椅 子

我的学校生活，从小学到大学，不能算是没有光彩的。我常常名列前茅，受表扬，得奖励，当过保送生，被称作高才生，颇赢得师友的一些夸赞。

但是，实际上，我上学的历史是从失败开始的。永留在我记忆中、对我刺激最大的，是小学一年级期末考试，我坐了一次“红椅子”。

现在的小朋友，也许不知道“红椅子”是什么意思。这在我读小学的时候，坐“红椅子”，可不是一件小事。毋宁说，是学生的奇耻大辱。

我的家乡虽说是穷乡僻壤，但在新中国成立那几年，政府和群众都很重视教育。我们村的小学就办在村中心的祖宗祠堂里。每年的年终考试以后，最隆重的一件事，是张榜公布考试成绩。那成绩榜大约是仿照科举时代的形式，十分郑重。写榜文的，必是书法最好的老师。榜文用几大张上好的洋荷莲纸连起来，贴在那祖宗祠堂头门楼里东西两面最宽阔最显眼的砖墙壁上。

发榜这一天，好像是全村的节日一样。不仅全校师生一起拥到榜前，几乎全村的大人们都不请自来了。学生寻找自己的名字，家长寻找孩子的名字。人们指指点点，挤挤扛扛，赞不绝口的，骂骂咧咧的，热闹极了。

榜上的前三名是用大一号的字写出，大有高“中”的意味。那光景当然是极为荣耀的了。最扫兴的，当数成绩最差的一名学生。在他的名字下，校长饱蘸朱笔，粗粗地一竖一挑，成了“L”，猛一看去，极像一把旧式的高背太师椅子。因为是红笔，所以被称作“红椅子”。

于是，在我们那里，“坐红椅子”就成了成绩最末一名学生的代称。本来，这最末一名已经够让人抬不起头来的了，偏偏又用这多少带点戏谑的称呼呼之，似乎考了老末，倒可以坐红椅子，反而怪舒服似的。这真像在人伤口上撒把盐，滋味可够人受的。

在小学一年级的期终成绩榜上，我的大名下面，就是那样一把“红椅子”。

发榜那一天，我也挤到人群里去看。找来找去，在最后找到了自己的名字。我觉得，全身的血一下子都涌到头上了，眼睛里蒙上一层水，看不清楚了。校长用红笔勾画的那把椅子，血红血红的，我被按在椅子上，推到众人面前，并且有人说：看，这就是最末一名！不好好学的家伙，亮亮相！

我像小偷一样抽回脚步，从人群里钻出来，逃离了那“审判”我的地方。我不知道自己是怎样跑回家里的。进家以后，随手把院门也关上了。大白天关大门干什么啊？我也说不清。大概是要把耻辱和讥笑一齐关到门外去吧！

这事，我爷爷很快知道了。他拄着拐杖走过来，把我拉到他的怀里，让我骑在他的膝盖上，然后让我伸出手来。他从怀里掏出两把炒花生，放在我手里，成了满满的一大捧。爷爷慈祥地看着我，平静地说："吃吧！吃了好好学，明年得个头名！人谁没有打败仗的时候？关老爷还败走过麦城呢。开头坐红椅子，说不定后来能坐金交椅呢。"

我哇的一声哭了出来，依在了爷爷怀里。这时候，要是爹娘和爷爷，谁来朝我屁股上揍一顿，我会觉得更痛快些，谁叫自己不争气呢！我不懂得关老爷败走麦城是什么意思，但爷爷的这番话，使我感到温暖而又愧恨。太丢人了：丢自己的，也丢大人的。

爷爷抚摩着我的头，让我仰起脸来。他抬起衣裳袖子往我脸上抹了一把，替我擦干了眼泪，又笑着说："男子汉不能哭鼻子。去，把你的大字本拿来我看看。"

这下我有点高兴了。因为我念书虽不上紧，却喜欢描仿影。老师说我描仿影时用笔大胆，有点意思。爷爷是知道的。

我拿来了大字本。爷爷一页一页地翻着，说这一撇写得如刀裁，那一挑挑得有劲，这一点点得像桃子，我眼里的泪花开始漾出一丝笑意来。爷爷瞄了我一眼，在一页上停下来，指着一个"心"字说："这个'心'字，写得不好。那中间的一点，不要太靠上，也不能太靠下，不能偏左，也不能偏右，要点在正中间，这心才写得正。就像你念书，心要放在肚子中间，安心，专心，不能歪到这边、斜到那边，净想闲事。上学时，就得把心收回来，不能老想着喂狗养鸟、捉鱼摘瓜，心一乱，书上的字就跟着飞了。"

我笑了，笑得眼泪也弹出来了。我点着头，脸红红的，看着爷爷。爷爷说得准啊。春天时，我常在课堂上想着同一群小朋友唤着几条狗，戴着柳条圈，到麦田里窜来窜去；夏天，每天一下课就一头扎到小河里，泡足泡够，该上课了，才筋疲力尽地爬上岸来，到课堂上就得打瞌睡；秋天，在课堂上总想着野地里偷摘香瓜的乐趣、用棉柴火烧烤红薯的香味；而冬天，总觉得寒假时间太短了。总之，学校以外牵肠挂肚的事儿多得是，都是有趣的。而念书的心思，常常是零零散散的，心不专啊。

吃饭的时候，爷爷对我爸爸妈妈说：“孩子不能娇惯。一个孩子更不能娇惯！新社会，肚里没有墨水成不了大器。从今后，让孩子跟我在一起睡觉。我来管。”

爷爷有爷爷的办法。每天晚饭后，他就来叫我。照例让我去替他买烟丝。交给我一千圆钱(即一角钱)，其中五百圆(即五分钱)买烟，剩下一半买花生或糖果之类的零食。到了他的住室，他说：“烟，我也不吸；吃的东西，你也别吃。先把功课做完，背给我听一遍，我再吸，你再吃。”

那时，我以为大人都是无所不晓的。毫无疑问，爷爷也认很多字。我按照爷爷的要求，写完作业，又把语文和常识背会，再背给他听一遍，爷爷点头说好。然后，爷爷坐在床上吸烟，我开始吃零食。然后，才能睡觉。

每天早晨，鸡子一叫，爷爷就醒了，老人的瞌睡少。等到鸡叫三遍，天微明的时候，爷爷用脚蹬蹬我，叫我起床。他让我坐起来，披上衣服，把昨晚背过的书再背一遍让他听听，然后就催我穿好衣服去上早学。

我开始养成了新的习惯。最初，我是对爷爷奖赏的五分钱花生和糖果感兴趣。慢慢地，我习惯于在火光如豆的油灯下，静静地写作业，奶声奶气地背书，看着爷爷闭着眼听着，时不时点点头。这情景，在我的心上留下一片温暖和宁静。我记得又快、又准。

后来，在爷爷的看护下，夜读，成了习惯。

我在学校的情景，也起了根本的变化。

从二年级开始，早晨，我总是最早到校的学生之一。早读时，把课本复习得滚瓜烂熟。时间用不完，就往下预习。上课的时候，每一想走神，就常想起爷爷说的那个“心”字的写法。这样，我大半个学期，就学完了一学期的全部课程。每次考试都能获得好成绩。我的名字开始写在成绩榜的前头了。三年级时，老师决定我跳一级。跳级以后，考试成绩仍然在前头。

对于我的变化，老师和同学都有点奇怪，问我是怎么学的。我羞答答地说：“我爷爷教的。”老师笑了。他知道我爷爷不识几个字，老人家怎么教你呢？“他教我专心。”我不好意思说出爷爷最初用花生和糖果来吸引我。后来，老师亲自去问我爷爷。爷爷笑呵呵地说：“七八岁的孩子谁不爱玩？你得想办法拴住他的心。我没有好办法，每天花五分钱。孩子吃了东西，我高兴；书念好了，我更高兴。”

我永远忘不了“坐红椅子”的窘态。我更忘不了爷爷，一个识字不多的老农民，劝导自己孙子的朴素、亲切而又含义深刻的话语。我时常记起在如豆的灯光下，爷爷闭着眼听我背书的情景。每想起他，我就下决心把功课学得烂熟，拿出好成绩让老人高兴。从此以后，直到大学毕业，我再没坐过“红椅子”。

1983 年 12 月

清明时节

“清明时节雨纷纷，路上行人欲断魂。”在清明节将近的时候，读着1000多年前的唐人诗句，好像今天人写的，常有千年一瞬的感觉。

我们这个古老民族之所以源远流长，就是赖于人心人情的维系，而文化于此有着大功。因为文化不是凭空创造的，而是反映人心人情的。

我离开家乡几十年，中年以后，特别是老父亲然后老母亲故去以后，基本上每年清明节都要回到老家上坟。如果去不了，则改在农历十月初一去。更多的是一年去两回。我年轻时总是抱怨父母给自己的太少，当老人离开了自己，才知道作为人子给父母的回报太少，欠债太多。一切都已经无法补救，到老人墓前总是比较容易做到的了。

我是无神论者，但在亲人墓前默念片刻，那种突破阴阳、思接百年、慎终追远的感受，是真实的、动人的。

在先人的墓前，我常常想，人类的丧葬习俗何以成为文明和文化如此重要的一章。厚葬也罢，薄葬也罢，地葬也罢，“天葬”也罢，水葬也罢，树葬也罢，各民族的丧葬形式多种多样。无论哪种形式都是在本民族的宇宙意识、人生观念的背景下，由活人对死人，但实际还是对活人的安排。每一个细节都经过极其慎重的考虑、讨论、设计，都是有意味的形式。看似仪式或者说形式，实际里头藏着真实的真切的内容。尤其是历史悠久的民族，千百年来相沿成习，遂成为根深蒂固的文化。

也是在先人墓前，我想到了碑的意义。我不去说这样的大概念，碑已经成为我们民族历史和文化的一个难以磨灭的组成部分；我只是想，按照黎民百姓的想法，如何为先人做一个记号，为活人留一个念想。多年以来乡村的所谓丧葬改革以节约土地为理由，常常简单化为深埋平坟，把墓地毁掉，或者不讲条件推行火化，又把骨灰盒重新葬一次。古来乡村称为圣地的“林上”被搞得一片狼藉。与我们在国内国外所见的帝王将相、领袖烈士乃至一般公墓的严肃认真的安排，形成对比。每次回到家乡，我对此总不免腹诽。实际上是我们的改革往往不大考虑百姓（包括推己及人的己）的人情心理，比较缺少文化，也缺乏历史意识。多年前我在扫墓时竟然一下子找不到祖父母的墓。我担心我不在时我的孩子也找不到他们祖父母的墓，更不要说曾祖辈以前的墓了。

我决计要为父母立一方碑。一为先人留一记号，二为我们全家留一寄托。我父母都是普通的农民。他们能立碑吗？这显然是个伪问题。应当承认，人在历史中的地位和价值是有差别的。但同时人生而平等，死后也是平等的。就人生意义来说，对于我和我家，父母是伟大的根；就人格来讲，在做儿子的我看来，他们是不凡的。在一个动荡的艰难的时代，能够生存下来；虽然没有留下财富，却含辛茹苦养育了子女，抱大了孙辈，以生命的延续和精神的传承为社会为历史做了贡献。他们的恩情和精神，是一个家庭乃至一个大家族的记忆和财富。

我把为父母立碑的想法告诉了二月河先生。二月河的回答极干脆："应该。"我接着说："碑文想劳老弟动手。"二月河爽快地说："中。"我又说我想在丙戌年清明节做好这件事情。二月河说他在三月初写好。他是全国人大代表，三月一日赴京开会。四天后我收到从北京寄来的特快专递，那是二月河在人大会议间隙写的碑文，读着文稿我含着泪。

我拿着文稿去见书法家周俊杰先生。我把事情的原委说过，周公不假思索地说："我写。"我又要说，他打断了我的话："你父母就是我父母，还有什么说的！"

书写碑文远不同于一般书法写作，格外费心劳神。对规定的空间须做周密的安排，准确的计算。先拿铅笔打好格子，在每个格子写上铅笔小字，然后才能书写，以免写错重来。

周公以他最拿手的隶书在书房里写了两个晚上。我扯纸周兄挥笔，真觉得若有神助似的，每晚都是空前安静，四五个小时，直到凌晨一时，平时各种信息不断的我俩，座机和手机都没有任何来电。300字碑文及正面的百余大字和小字都是一气呵成，没有间歇，最终一字不爽。我默默地看着，周兄舒漫劲挺的隶书把我平凡的父母和我的肃穆心情，一起镌刻在文字上。

我把这两张墨宝恭敬地送到家乡永城，请芒砀山著名的铁笔徐海新先生镌刻在青石上。清明节前两天，在许多亲友和村人的襄助下，石碑立于父母墓前。仪式完成的时候，我对大家说，让我们在心中永远记住已经离开我们的父母，好好孝敬现在我们身边的老人。

丙戌年夏天，周俊杰先生书法大展，其中有为我父母碑文书写的原作，主持者让我在装裱件的下方空白处写一跋语。我不计自己书法的工拙，写下了如下的话：

余父母乃普通农民，于吾及全家恩深如海。丙戌清明余计为父母立碑永祀，恭请二月河先生撰文，周俊杰先生书丹。二位仁兄欣然命笔。大文巨作，高山仰止；高情厚谊，永志不忘。　丙戌之夏孙广举拜书

2006 年 3 月清明节前

释 梦

这是父亲十周年忌日。我日夜兼程从外地赶回故乡，为的就是能在分别了 3650 个日日夜夜之后和老人家再见。

肃立墓前，泪模糊了我的双眼。我渴望穿透九泉的阻隔见到父亲一面。朦胧中，我重新忆起或者说又重进入了那个梦境。

我真的又见到了父亲。

我下班刚回到家里，转脸就看见他在门前站着。一张饱经风霜的脸如深秋将落的树叶，身材并不高大，结结实实，粗布衣裤，腰间扎着一根很粗的黑线织成的带子。

霎时，老家院子里那株老槐在我脑海闪现。

“爸爸！你……”

我热切地呼唤着，一下子又想起了什么：父亲不是已经去世了吗，怎么又……

我一时想不清楚了，语言变得滞涩起来。

“我从外乡来。”父亲自然、平淡地说。

语气仍像平日里父子之间的对话，他丝毫也没有注意到我的惊诧。他一边从肩膀上卸下一个担子，一边又说：“这一圈转了不少地方。”

我这才注意到他身上还有一副担子，急忙去接。这是一条短扁担，担着两件行李。一头是铺盖卷儿，一头是一个木头箱子。

我用眼睛翻检那箱子。包装木板做的，四周胡乱地刷了一层斑驳的铁灰色油漆，敞着口，里头装的都是石匠用的工具：凿子、钻子、钎子、锤子等。

我心里突然糊涂起来：怎么是这些东西？父亲从来没有做过石匠啊！

“给！”父亲的声音把我唤了回来。我抬头看见他递过来一沓钞票。是那种揉皱以后又展平叠好的钞票。

“别看不起这个破箱子，它帮我供养了一个大学生！”父亲的声音中有几分得意，脸上绽开了笑意，竟至笑出了声，笑声轻而短。

我的眼泪如泉水一样夺眶而出，接着竟然哭出了声。我分明地听见了我的哭声，一种发自心底的痛哭声。

我哭醒了。

这是一个梦。父亲去世不久我回到城里做的一个梦。

梦醒以后我遗憾极了：在梦中由于痛哭我没能向父亲倾诉我的想念和感戴之情。我很想再有类似的梦，再见到父亲。

这当然很难。

于是，我常常释这个梦，尽管总是释不清楚。

最让我糊涂的是，梦中的父亲怎么变成石匠了呢？

父亲是个典型的农民，一辈子就是靠种地吃饭。农业合作化以前，种自己的十几亩地；合作化以后，种公家的地，拿工分吃饭。他的人生经历和石匠几乎没有一点联系。

但我却要顽固地释这个梦。我知道，梦不可能是生活真实的再现，可它总得存留着真实生活的一点影子啊。

我追索我的记忆世界。

关于石匠，我确有一个真实的印象。

我小的时候，家里有一盘石磨，每年春天都要请本村一位石匠来锻磨。石匠和我父亲是同辈，我称他为大伯。每年去请他时，父亲总好带着我去。我愿意帮石匠大伯背一两件工具。农家孩子对于石匠的劳作感觉很新鲜，所以大伯锻磨期间我一直围着转，递东拿西，送烟倒茶。

锻一盘石磨一般需要两天时间。石匠大伯盘腿坐在石磨边，一手握着钎子，一手举着锤，就那么一下一下，锻石声单调而有节奏，火花一闪一溅，单调却有光彩，一圈一圈，一沟一沟，坚硬的红石头洒下一地石粉末，面粉一般，然后就锻好了。

我约略感到这是我见过的最艰难、最要耐力的劳作了。吃饭时，父亲一再称赞石匠大伯有韧劲，原来家很穷，靠着锤子凿子建起了一份家业。我对这位石匠大伯生出深深的敬意。

但是，他怎么幻化成我的父亲了呢？实在难以找到其间的联系。

不仅如此，即使挑担者的形象，从我对父亲的记忆中也不易找到。

追寻起来，也只有一次。

那是 1962 年秋天，我正在读大学二年级，父亲突然从家里来了。他要来看看上大学的儿子。农民自有农民爱子女的方式。父亲背来一布袋自家晒制的胡萝卜干和红薯干。这在那个全民大饥饿的年代，已是近乎奢侈的了。父亲到了学校，饭也不愿吃，他害怕饭让他吃了儿子就要饿肚子，因而到学校前事先吃过了干粮。见了我一下，就要走。

“到哪里去？”我问。

“下湖北潜江，那儿有个大农场，农工很多，穿鞋很费，补鞋的活多。”

父亲轻松地说着，就挑起了担子。正是我梦中见到的那种担子。

“你会补鞋？”我问。

“我早就会了。1955 年在西安做临时工时，下了班没事儿，我就在鞋匠铺帮忙，慢慢就学会了。这活不要多少本钱，赚个活钱。”

我当时说不出别的话来，因为这都是为了我，我读书需要花钱。我只有抓起扁担，说：“我送你上火车。”

“你挑挑试试。”父亲慈祥地说。

我挑起担子走了几步，就被父亲接了过去。

“还是我挑吧。学生，不好看。我自己上车站，不要你送，不要误了念书。”

我坚持送他，可他几乎把我赶了回来。看着那行李卷儿和黑木箱子，一前一后跟着他，到很远很远的地方去，我思如泉涌。

我想起了朱自清先生的《背影》。一个农民父亲的背影，蕴含了更为丰富的人生内容。一个农民对子女的爱确实有他自己的方式。他的能力是单薄的。但那爱却是全身心的。在父亲的背上，我有过多少幸福的记忆。

小时候，我已经能够飞跑一样地走路了。父亲带我出去，总还喜欢让我骑着他的脖子，来一阵飞跑，乐得我们父子一同大笑。

我在离家 8 里远的村庄读高小，有一天父亲背着草箕子来学校找我。我问有什么事？他笑眯眯地从背上放下草箕子，拿出一包东西。原来是中午家里杀了一只鸡，他送来了两只鸡腿，用烙饼裹着。我拿在手里，还有余温。他看着我吃下，才转身回家。

上初中的第一年放寒假的时候，雪下得很大，父亲凌晨赶到学校来接我。走出学校门，父亲蹲到了地上。回头招呼我："来呀！"一只手反过来拍着他的背。我怔住了：父亲还要背我呀！我羞红着脸越过父亲踏着大雪往前走。我虽然拒绝了这种父爱的方式，但这种爱却永远铭刻在我心上。

这一次更是这样。父亲挑着铺盖卷儿远走他乡的景象，比我见过无数次的荷锄扶犁戴着草帽挽起裤脚的农夫形象，更深地存留到我的记忆中，我体会到了父亲的一颗心。

在梦中我之所以痛哭，是因为父亲把一沓钞票交给我的细节，像锋利的刀片划在了我的心上。那些钞票能够揉皱以后又展平，我的心却无法取得平衡。父亲为何只身徒步远走他乡？完全是为了他的儿子啊！

父亲是以沉稳厚重闻名乡里的，他是一个极本分的庄稼人。但在我的梦中，他却是一个远走他乡的漂泊者。这都与我紧密相关。

在我刚读初中的时候，我第一次学会写信，就是给父亲写信。那一年豫东水灾严重，秋季绝收，他离开老家去了西安，找了一份临时工干，挣点钱寄回家里，以贴补我的学费和伙食费。

当我读高中的时候，又赶上"大跃进"的狂热年代，农业生产合作社由小变大，很短的时间内，像吹气球一样，膨胀到几万农民联成一体的人民公社。人人都吃公共食堂，男女分开住，房屋统一分配，私有财产被消灭到最低限度。但上学的我却需要钱。有一个周末，我又回家。母亲撕开衣裳里子，掏出一张皱巴巴的票子，凄冷地说："咱家就剩这 5 块钱了。全给你。你爸已经去了外地，学，只有你自己想办法了。"

到我上大学的时候，又值全国性的大饥馑，我的家乡也许是全国最严重的地区之一。农民的最大难题是填饱肚皮，又哪里有一分多余的钱去供给儿子上学呢？于是，父亲东奔西跑，当起了补鞋匠。

父亲这样做的时候，我事先并不知道。这一次去湖北是我唯一知道的一次。父亲对他在外地当鞋匠的经历从没有向我说过。他只说是出外当工人。他以为当工人光彩。只是在他去世的前夕，才断续说起他的艰难的往事。

就在我读大学期间，他挑着补鞋的担子先下兰州，从兰州走到甘肃南部，回来后又南下湖北江西，后又东到芜湖，沿着正在修筑的铁路线、公路线和新建的农场，跟着民工的行踪，深山荒漠、洼湖水边，随处驻足，只要有能挣钱的活干。

"最怕的是没有人烟。"父亲平静地述说，"一天奔波七八十里，到黄昏还是不见村不着店。有一次，我不得不在一个山洞临时住下。夜里一群野狼在洞外嗥叫，人只要一有动静，就没命了。一夜不敢睡着，也不敢动。这时候的感觉，就像在地狱里听鬼叫一样。我觉得日子真难，像被扔到稀泥潭里挣扎不出来，又像爬山总也到不了顶。只有当想到挣了钱就能让儿子读完大学，心里才热乎起来。”

我终于解开了我的梦。

一个背负重担四处奔波的农民，就是我心中父亲的形象。这其实也是我们父子关系的一个图式：供养人与被供养人。

像我这样的知识分子，就是农民父亲一凿一锤锻造出来的。养育一个大学生，就意味着耗尽一位农民的全部心血和汗水，仍然不够。

在父亲的墓前，我的身边站着我的已经大学毕业和正在读大学的女儿、儿子。他们有时调侃地说：“你是农民的儿子，我是教授的儿子！”他们实在难以理解农民儿子当教授的艰难历程，更无法知道一个农民培养出一个大学生，是何等沉重的负担。他们更难以理解的是，我内心深处的抱愧：我对当农民的父亲报答了什么呢？

我知道，父亲永远没有想到要儿子来感谢他。但是，对于以毕生的辛劳“锻造”了儿子的父亲，儿子是永远不能、不会，也不敢忘记的。

我得了几分慰藉：正是在父亲墓前，我脑海里浮现出来那位四处奔波的石匠老人的亲切形象，这说明我还没有忘记他老人家。我有一个想法要告诉我的孩子：人生有些东西是一定要铭刻在心的。

1987 年 5 月初稿，1991 年 5 月改定

彩 虹

对于人来说，最宝贵的东西莫过于一颗心。它可以珍藏人生最宝贵的东西。

我忘不了 8 年前的一次经历。

我到离家 100 多公里的一个山区宾馆等待女儿高考录取的结果。等到第 7 天，有一位老同学送出一个纸条到我手里，我看到 5 个草字：北大已录取。

我当时有一阵子思路有些凝滞。我一下子觉得那张纸条是五块金砖，是五部大书的分量。

薄薄的有些皱了的一片纸那样沉重，几个匆忙写成的字那样妩媚而有力，我平生虽以笔墨为生，还没有过这样的体验。

我心中立时生出一种念头：马上回家。

我转脸抓过一位朋友的自行车，本来我骑车总是慢悠悠的，这时一抬腿，车子已经射向了山下。我几乎感觉不到是骑着自行车，只觉得在飞。

天气燥热。一团黑云从山中涌来。天变暗了，又由暗转成灰黑。雨点乒乒乓乓，而后哗哗啦啦，刷刷刷地倾下来了。

我打心眼里需要这雨。我脱下长裤，只穿一件短裤汗衫，任凭雨水在身上纵横。路上行人急遑遑去躲雨，用异样的眼光看着在雨中狂奔的我。我忽然想笑：这样难得的天池清淋，偏要去躲，活得太仔细，是一种蠢！

我想起儿时，每当雨雪天气，尤其是夏天暴雨骤至，我总是要冲到雨帘之中，最快意的是脱光肚儿，享受雨箭的射击，真是痛快透了。

我又想起上大学时，有一次郊游，忽然遇了大雨，别人都跑，我仍然从容地漫步，然后把衣服脱到只剩一条短裤，笑着叫着跳着，张开双臂欢呼。在雨中我看到一只鹰在飞，我觉得那鹰就是我。

想到这里，我觉得通体都透亮了，脑海的沟沟回回都被冲洗个净。平常我骂过一种假说是十足的胡扯，这时我想起了它，觉得没准有理。那假说怀疑人类目前生活的空间是一个大海，我们现在叫作空气的也可叫作水，如同人类看到的海洋生物也以为自己在空气中一样。在雨中，我觉得自己成了鱼。兴许我们就是鱼。

全是愉快的联想，全是清新淡雅又富刺激的脑海影像。自行车在高高低低的山区公路上好像行驶在平原的一级公路上。

不知多大会儿，在我的视线内，一片青天像刚洗过脸的童男童女，广阔无垠地展现出来。天晴了。我想。接着就感到背后有一片暖意。的确，晴了。我确认。八月初的夕阳也是热的。

晴了好。天晴好回家。天，太可人了。

眼前闪亮了一下，空气的透明度提高了。简直如变戏法，一眨眼，一条非常长又相当宽的彩虹出现了。

因为一条虹，整个天空都色彩斑斓起来，这是一条鲜花的河流在流淌。我几乎可以闻到天空流泻出来的花香，一种在全宇宙弥漫的清芬。

彩虹移到我心里，占满了我心的空间。闭起眼来，更添鲜艳。忽一下，一个更新的意象跳出来：一条神奇的七彩拱桥，从遥远的北方天际一条长弧连接到南边大地。

那不正好是从北京连到中原我们家的一条彩桥吗？

这个意象接通了一个神秘意念：这真的是一座桥呢！一座通向理想的桥，一座通向外部世界的桥，一座接通中断了的理想之桥。

不知是不是任何人都有一点神秘的潜意识，平常被掩盖起来，了无踪迹，但一遇到什么特别的机会，它就从冥冥之中倏地跳出来，由潜而显，往脑海中的屏幕上猛撞。

我迷迷糊糊地看见，女儿正从桥的南端颤悠悠地走到北方，走向远方。

我来等女儿录取的消息已有几天了。我的性格尽管一向被称作沉稳，但为了女儿的录取，我在家里再也平静不下来。女儿的高考好像是我的高考的继续。我心里老想着一件事，像暗地里押一宝：我的未曾实现的夙愿，看样子要由女儿来实现了。

这是一点隐曲。

我高中毕业时的第一志愿是北京大学。但复习时我得了严重的眼病，差不多到了考试前一日眼病才见好转。我每天怀着一颗焦灼的心闭着眼躺在宿舍里听同学们读书，参加一些同学的讨论。我本以为完全无望了。可到头来还是得了参加考试的机会，但第一志愿落空了。结果考上了一个普通大学。我一直耿耿于怀，隐隐抱恨。我把希望寄托在孩子身上，我暗暗地说：要报那次北大落榜之仇。

女儿报考志愿时，全家人都跟着忙活起来。真是选择的困惑。女儿的成绩不坏，但还不算最好。这高考报志愿，有两种情形好办：考得很差与考得特好。前者不用选择，后者可以自由选择。考得较好是难办的一种：报一般大学不想上，以为亏了；报最好的学校没把握，怕高不成低不就，高分反而落榜。女儿把报考方案做了十几种排列组合，愈排愈委决不下。中间抓阄的办法也用了。最后只好请她自己决断。她尊重直觉，最终的选择还是最初的意向：北京大学世界经济专业。女儿的理想正合爸爸的愿望。

但是，全家人的心一直在悬着，我嘴里只能说有51％的把握。我和全家在等待着裁决。

决定命运的这一天早晨，我自以为得了一个暗示，一个吉兆。5时许我就起了床，在招待所门前溜达。我心里想做点什么事，刚好有一个个体户在卖折扇。博爱县出产的这种折扇确实可称价廉物美。黑油纸上印了各种花卉还题了字，只要三角钱。我想正好借机算一卦，于是伸手任意抓了一把，打开一看，一阵惊喜掠过：一枝怒放的梅花，枝上昂首立着两只喜鹊，长长的尾巴，旁边题了四个潇洒的草字：喜上眉梢。好！我付了钱，握着折扇轻快地走了。

几个小时以后，应验了：不仅喜上眉梢，而且狂喜心头。我仰望彩虹，心想真有超自然的东西在安排人生吗？我打趣自己高兴得迷了。假如“喜上眉梢”的折扇暗示了今天录取的喜讯，那么，这彩虹呢，难道没有理由相信它是女儿人生道路和辉煌前程的隐喻吗！

我很庄严地认为：我的直觉是对的，应当是这样的。我相信直觉。

回家的路上，我整个沉浸在憧憬或者陷入回忆之中。女儿 18 年的历史在脑海中重现。小时的她娇气憨态，在我脖子脊背爬上爬下，上学的起伏曲折、鼻涕眼泪、欢歌笑语，全变成了一首长长乐曲的音符。女儿成了我欢乐的符号，成了我幸福感的源泉。

在过黄河大桥时，我眺望如血的残阳，凝重的晚霞和浑涵深厚、宽广无际的河水，我又一次想到天。“黄河之水天上来”，一句反科学的错话，恰是一个真切的感觉。车轮和车轨摩擦时发出的节奏感很强，“嘎嘎嗒，嘎嘎嗒”的声音，在我脑子里全变成“天上来”“天上来”的词句。

将近家门时，喜讯带来的狂潮已经隐退到我心底深处了。当我深夜叩响家门的时候，全家人一起跑来开门，他们都没睡。我已经想好，要制造一次跌宕起伏的喜剧。我用力把嘴角拉下来，皱起眉头，呆直着眼珠，再把眼皮耷拉起来，露出一副败象。我想先把大家推入谷底，把情绪的热度降到低点。最敏感的当然是女儿。女儿跑过来几乎要抱住我的脖子，我心软了，再也忍不住了，我把那把折扇扔给家人：猜猜吧。还是女儿敏感，一打开折扇，她就跳了起来：爸爸，我考上了！我考上了！

用不着我再去描述以后的情景。我的孩子，这你们都知道了。自那以后，已经过去 8 年。但我心里经常重现那天的彩虹。女儿北大毕业后从事财政外事工作，已经随团出访过四大洲的 10 多个国家，现在正在大洋彼岸攻读。每当收到她的信和电话，我都想到那条彩虹，那条连接着女儿和我的彩虹，连接着世界与我们全家的彩虹，连接着现在及未来的彩虹。最巧的是，我的女儿的乳名叫红彩，奶奶说她是踩红而生的。我实在估量不出，彩虹，红彩，你蕴含着我人生中多少珍宝！

8年之后，我之所以祖露这一切是想倾诉这样一种心情：子女的成功所带给父母的喜悦是超出于父母自己的成功的。做父母的未必要求子女报答什么，但子女的成功对他们的安慰，具有何等大的力量，子女们该知道。

1993年1月于河南省社会科学院

儿子的车子

上午9时10分，我和妻乘上去深圳的航班看望儿子。

两个小时后就可以看见儿子了，两个人都有些激动。

“已经4年了！一个孩子独自闯南方。原来在家时，是那样一副邋遢样儿！”

妻子又一次重复了她经常发出的感慨。

“什么邋遢样儿啊！男人就是这样：一旦独立，立马变样。老话说树大自然直，我说男人是独立自然变！”

我不是要和妻子辩论，更不是要制止她、讥笑她的感慨。毋宁说妻子说的也是我的心里话。只是我不说。男人和女人是有一些不一样的。

我一直在想。

坐在飞机上，儿子这4年的经历在我脑海里过起了电影。

儿子从大学经济系毕业后，被分配到一家银行。一般说，大学毕业生头一年都要到基层去锻炼，一年后转正，再正式安排一个岗位。儿子被派到一家很小的储蓄所。

大学生初入世事的头一步，往往是危险的时期。因为不适应而带来种种意料不到的问题。这时候，大学学子通常具有的自命不凡的神气，以及人在青春期通常难以遏制的反叛，释放出一种类似锐气实际很可能是燥气的东西，会聚到火头上，常常有电闪雷鸣式的爆发。

社会日常生活大抵比较平凡，工作也往往是琐碎的。平凡和琐碎如果是僵硬的存在，那似乎还好一些，说不定神气和锐气还能碰出一些火花；但是，平凡和琐碎常常只是一种空气，软软的，木木的，碰上它，它没有感觉，却很缠磨人。由于没有经验、资格和权力，年轻人的神气和锐气便显得没有分量和实效。这种神气和锐气，与平凡和琐碎相碰撞，受伤害的或者“感到”受伤害的，往往是“神气和锐气”。

儿子到任的那个储蓄所，储蓄业务很清淡，这就为员工清淡清闲留下了巨大的空间和时间。

这是一种什么样的清淡啊！当然不可能是名士式的。银行时下被视为肥缺，许多人凭借各种关系进来，个人素质不一定怎么好，但性格多坦荡，敢说敢讲，因为都有一点有“恃”无恐。刚好这个小储蓄所又全是由青年女性组成的世界。上班时间，这里充满着的，多是关于毛衣的织法、裙子的式样、孕期的健康、婆媳关系之类的市民日常话语，放纵着自由的笑声和粗野的骂声。

这种现象在中国的许多单位中，本来是司空见惯的。但对于一个刚毕业的大学生来说，就觉得被“撂”在或者说被“挤”在了一个角落里。尤其是一个处在女性世界里的男性，就莫名地觉得空间变得狭小起来，进而觉得尴尬，甚至生长出无聊。

一月，二月，三月……他先只是有些受不了，接着就越来越觉得不堪了。

好在这是有期限的。不就是一年嘛！

他更受不了的，是另外一个问题：面子，或者说尊严。

儿子坐在他的储蓄所一角，偶或有同学来存款，一见就叫喊："嗬，你怎么在这儿？"

然后他们就站在储蓄小窗口前聊开，内容主要是说中学或大学的同学谁谁分到省人民银行、省建设银行、省中国银行等。有位同学是那种跟读的大专班，学的还不是经济、金融专业，也分到了省行。开始问话时，儿子的脸已经红了，越说简直就发起烧来。

"是啊，我为什么分到了这种地方？我什么地方不如别人吗？"

这种问题一直折磨着他。青年时期是一个特别要面子而实际上可能是虚荣的时期，特别渴求社会的公平与公道。但是，社会并不轻易把这些给他们。如果是中年人，因为经历过的屈辱、不公太多，已经见怪不怪，也就"忍"了。若是年轻人，那就是莫大的痛苦，甚至于愤恨了。

儿子白天上班，晚上在家里已经反复宣言：一定要跳出这种"体制"，摆脱这种平庸，对抗这种不公，找到更加自由发展的天地。

他决计要到南方去。并且和在美国的姐姐商量决定，选择了深圳。

然后，儿子正式向我们做了"通报"："我就是给你们'通报'一下，并不要求你们批准。这是我自己的事，我自己的选择，我自己承担后果。"

儿子不希望我们多管。于是，"通报"时，先把父母的嘴巴堵住。我们也没有多劝儿子。这个时代已经不是父母代替儿女选择的时代了。对于已经大学毕业的儿子，做父母的已经无法替他选择了。

况且由父母“代庖”结果也不一定就好，甚至往往不好。我们为儿子准备了几千元钱和日用物品，买了机票，让儿子自己走了。

我们当然也做了一个准备：儿子干不好再回来。

没想到，三个月以后，儿子告诉我们，他已经建立起独立生活的某些条件。在俩人合租的一间民房里，弄了一个可以睡觉的窝。在公司里，儿子成功地做成了两笔融资。经过试用，已经正式被一家大公司接纳，并且加了一次薪。

“爸妈，别挂心，我没事。我一出来，就已经不准备要后路了。这里适合我。”

分别时，儿子这样说。

这种安慰式的告别和决绝的表态，让我们觉得，儿子毕竟还是孩子！

一年以后，儿子成了公司的一个部门负责人。

工作显然做得不错，个人的收入也大幅度增加。

又过了一年，儿子突然打电话来：“爸，求一件事，给我们的公司起个名字。”

“谁的公司？”

“我的，我们的。”

儿子轻松地回答。他要独立自己干，已经和另外俩年纪相仿的朋友共同组织了自己的公司。

“我的房子已经装修好了，你们来吧！”儿子最近催我们几次了。

在我回想着儿子这几年的发展梗概的时候，飞机已经降落到了深圳机场。

“看，恁儿子！”妻子已经看见等在出口处的儿子，激动地说，“离很远很远，我就看见是儿子，只要他的影子一闪，我就知道是儿子。”

“那当然，大厅里，儿子的影子不闪，你就认出了儿子。”我笑着打趣。

儿子接过行李，转身径直往停车场走去。候机厅前，一些出租小巴、中巴在揽客。

“四年前，我就是坐这种中巴入关的。”儿子俯瞰着出租车群，转过脸来看着我们，眼里闪着愉快的光芒，感慨地说：“今天，我不让爸妈坐这种车了！”

“那时候，大多数人来这儿都要坐这种车的。不少人还要坐公交车。1990 年我来开学术会议，还不是坐的公交车。那时候坐小巴是不能报销的，自己又不舍得。”我说。

“我们的车，爸妈，你看！”

嗬，一辆墨绿色的小汽车卧在车丛中。墨绿色放着凝重深沉的光，不免有几分骄人。

“BMW，宝马，难为翻译家的中国古典文化功底！‘香车宝马’‘宝马良驹’，本是贵族的舒适和排场的标志。又和德文 BMW 的发音刚好接近。这个名字带给人这样丰富的感觉。”

我议论的时候，忽然想起两年前儿子说的一番悄悄话。

那是儿子头一次参加公司召开的中层负责人会。未进会场，就见前面停着一大片轿车，大多是进口名牌。一位比他大两三岁的二十六七岁的哥儿们就是开的自己的“宝马”。一问价钱，答曰七八十万吧。“那车真是潇洒，但价钱也真是不敢想象！”儿子当时说。

“爸妈上车，上咱们自己的车！”儿子唤道，重音在“自己”上响亮得像春天的雷声。

在驾驶位置上坐定以后，又问：“爸，你喜欢什么音乐？古典的，可惜我没准备；你听顶级明星的吧。你不要看不起流行音乐流行歌曲，了解了解它们是十分必要的，特别对于爸爸你这样的人。你听听这套音响的音质、音色怎么样？”

车里已经奏响轻柔的清晰的立体声音乐，我神情专注地听着，既是听音乐，也是听儿子的说话。

汽车在音乐声中行驶在广深高速公路上。深圳这地方变化太快了。8 年前和 4 年前，我曾来过两次。头一次，只是感到深圳像一个大工地，第二次就有点都市坯子的景象了。现在新兴都市的势派越来越足了，这还不到十年哪！

高速公路上，最引人注目的就是车子。

在我们居住的内地城市，看到世界名牌汽车已不稀罕了。但是，主要的名牌车由 20 世纪六七十年代的数以十计、而后数以百计、千计，有心人几乎是可以记住的。

这里就不同了。各式各样的世界级名牌车一辆接着一辆，国产车倒成了少数派。就世界名牌和国产车的比例来说，这里的世界名牌比北京上海还要集中。

“深圳人也真有钱！”我不由得感叹。

“你是说车吧？”

儿子看出了我感叹的缘由，不由得分析起来：“这地方就是讲这个。和全国比起来，这里也许是市场化程度最高的地方。市场化的结果是把各种价值标准高度简化了或者说简单化了，也可以说一元化了，那就是一个字——钱。这里也像港澳一样，流行这样一种评价人的方法：他的身家是多少？而且可以用数字精确到是几位数：三位数、四位数、五位数……一个人的能力、价值，就体现于这个数字。一听，你可能不习惯。而且在别的地方，也不像这样。比如，在咱们那儿就不这样。不说咱们那儿，在北京，就不是这样。

“在北京，有许多种价值标准。你是官员，是什么级什么级；你是艺术家，你的作品档次影响，你的知名度；你是学者教授，你在学界的地位，你的学生……这一些，和企业家有多少企业，多少资本，多少钱，具有相当的意义。大家在各自的领域实现自己，大家能够平起平坐，即使你并没有多少钱。这里就不行了，你个人没挣到钱，说什么也不行！

“理解了这个，就好理解车子了。你坐的车子，就是你有多少钱的象征，就是身份地位的标志。懂了吧，老爸！”

儿子有些调侃了，但很真诚。

我愕然地应着，既感到新鲜，又有几分陌生。不知道自己是喜悦，还是忧伤。这些语言，听起来并不陌生。但是，那是过去用来批评或者说批判旧时代的中国和西方资本主义社会的。没想到现在要我们面对这个眼前的现实了。

我下意识地侧过目光郑重地看了一眼儿子。那是“刮目相看”的意思吗？我问自己，在心里。

不料，儿子也转过脸来看我。

我没答话。儿子又继续说：“你不感到这种车子舒适吗？在这种路上跑，时速 140 公里，还是一般速度。你感觉不到任何颠呀晃的，你不误看报，看材料，就是说不误工作，当然更不误休息。坐这种车子旅行，一切都变得舒畅了。而且，你一下车，就可以立即精神饱满地投入工作。这时你就体会到，这不仅是所谓资产阶级讲究‘派’了，它也是企业家的经济学原则。”

儿子在无意识地给我上新观念的课了。

“说到这里，使我想起希特勒，在发展汽车工业这一点上，那货是很有经济学眼光的。”

我知道儿子的谈兴上来了。儿子知道我喜欢听他海阔天空地放谈，他甚至感到了我在听儿女们说话时有一种享受感和陶醉感。

儿女小的时候我常常主持“家庭沙龙”，让他们姐弟四人讨论和辩论，我有时高兴了偷偷地作简单的记录。我是想训练他们的表达，同时也为了能够更具体地了解下一代青少年的状态。

儿子上大学以后，我把我们之间的谈话开始叫作“父子对话”。父子之间的这种交流给我留下了深刻印象。

我高兴的是，长期以来，儿子已经养成了和父母家人交流的习惯，一见面就有一种想谈话的欲望。他的许多想法总能够在我这里得到回应，起码是一种积极的“反应”，或者同意或者反对。况且在家里，话语的“闪失”也不算丢丑。受到批评，也总有收获，算个赚头。

儿子离开家以后，不是每天，也是每个星期有好几次长途电话。这一次接我们来到自己的小天地里，除要让父母享受一下他独立创造的成果以外，就是有更充分的时间和家人在一起好好说说话。这几年积攒了很多话。

儿子的谈兴比往常更浓。

“爸爸，你可能知道，希特勒在 20 世纪 30 年代早期，已经提出并实施发展公路和汽车的计划。他承诺要让汽车开进每个农民的家里。当时的大众汽车，每个农户只要交一个马克就可以得到一辆。那就是说，等于免费，只是要排队等待按顺序配给。这对后来德国经济的发展影响很大。希特勒最初的社会主义还是真的，他的威信最初也是真的。因为人民感受到了德国的经济强大。无论如何，贫穷不是社会主义。邓大人这话是颠扑不破的真理。”

儿子说着，时不时地用眼睛扫过来。他大概要在我的脸上“读一读”反应。儿子知道，在谈到经济问题时，我和他难免有一些话语隔阂。尽管他对别人讲，自己的父亲在市场经济面前，并不是一个守旧的人，更不是一个落伍者，但毕竟我们这一代人是在计划经济下生活过来的人。两种体制的对立和冲突是深刻的，环境变化是非常大的。儿子有时也喜欢引用马克思“存在决定意识”的话，那是他想引出这样的结论，两代人由于“存在”不同，所以，有不同的“意识”，这是自然而然的了。

虽然我安详地坐在儿子的身边，但是，内心却被一些有力的东西冲撞着不能平静。陌生感和新鲜感，不时地闪过我的脑际。

我想起了关于车子的一些趣事。

我们的青年时代，20 世纪 50 年代在家乡，自行车还是稀罕的交通工具，只为当干部的少数人所专有，上千口人的村子也没见一辆农民的自行车。20 世纪六七十年代，我已经是多年的大学教师了，仍然买不起一辆自行车。我从外地返乡，下了火车，总是靠两条腿走几十公里路到家，当时有一句俏皮话，叫“坐 11 号汽车”来的。直到 20 世纪 70 年代初，我到省委机关工作，知道当时郑州市只有两辆奔驰车，其中一辆还是援建郑州二砂的德国工程师留下的。我有时坐坐公务车比如“上海”“吉普”“伏尔加”什么的，但从没想到这小汽车和自己可能有隶属关系，有一辆自行车已经蛮好了。

接着有了另一个故事。十多年前，上初中的儿子有了一辆上海飞鸽牌自行车，我觉得比我当年已经“阔多了”。但一次在我的办公室里，他写书法言志，在“一鸣惊人”的条幅下，写了如下跋语：今日骑飞鸽明日坐皇冠也。我只是觉得，这是童言无忌夸大其词而已，没怎么在意。没想到他早就在做“皇冠梦”了。

我忽然感到，时代的发展换挡了，加速度了。今天乘坐的车子，谈到的车子，我想到的关于车子的故事，都不是车子本身，它都是具有丰富意蕴的象征了。这里显示的是，人生的目标和格局的差异！

在这样的时代条件下，儿子不只是快速长大了，几乎完全是独立的崭新的存在。应当老老实实地承认，这些崭新，都不是我们当父母的塑造出来的。按照我们的思想和意愿，也不可能塑造出这样的人来。按照文学上的有些随意但却相当准确的说法，这是一种新人类。

在儿子的语言激流面前，我虽不能说已经“失语”，但是，非常明显，过去那种对话时作为父亲所葆有的主体地位和主动状态，已经一点一点地让给儿子了。

沉默的时候儿子又展开了新的话题：“这一次请爸妈来就是让你们舒服舒服。你们在深圳期间，我安排了三件事：吃好，玩好，看好。”

看来，儿子要在他的课堂上给我们上课了。

1997年夏—秋，于深圳—郑州

珍 藏

“妈妈！我和你比一比，看谁高？”

女儿又要和妈妈比个头儿了。

真的，这孩子才 17 岁，已经比妈妈高半个头了。

当女儿和她妈妈比个头儿的时候，在我的面前，幻化出一个序列的由小到大的叠印画面：

那是女儿从小不点儿刚会走路，从她的小脑袋刚好靠在她妈妈的大腿旁，到齐腰，到齐胸，到齐肩，到顶住下颏，再到顶住鼻尖，到擦住耳朵，到一般高，到眼前一个定格的活生生的细高个女青年，一个高中三年级学生。

妻子喃喃地说：“好像不知不觉，一晃似的，怀里抱着的娃娃长成大人了。光知道衣服年年短，鞋袜年年小，谁料想，变来变去，就变成个样儿了呢！”

这是一个做母亲的感觉。

可在我这做父亲的记忆中，孩子的成长却是另一串画面。

女儿是在家乡农村出生，童年也是在那儿度过的。我一个人在外地城里工作，一家两地，每年见面的机会总是有限的。也许因为见得少，感觉每次都很新鲜，那印象反而异常鲜明而又深刻。

女儿一岁半的时候，为了断奶，我母亲带她到我工作的城里来小住。我到车站去接她们。我很远看见了她们，就一溜儿小跑迎上前去。当我伸开双手去接女儿的时候，我听见一声细细的羞怯的声音："爸爸！"

这是我平生第一次听到这样的呼唤，我的整个灵魂都感到颤巍巍的。

我抱着孩子，亲着她的小脸蛋。女儿一点儿也不认生，用额头轻轻地抵住我的下巴颏儿。我母亲当时就夸："孩子真聪明，小不点儿就认得爸爸。"后来，这成了老人对人家夸孙女的素材。

我后来冷静地一想，也就笑了。女儿决非未喝迷魂汤的神童，之所以这么小就认得爸爸，是因为母亲带着孙女，在路上"爸爸""爸爸"地念叨来念叨去，她一看见我就喊爸爸，这不是很自然的吗？

女儿也果真可人。

在我的住处住下以后，先是一切都感到新奇。迈动小腿跑来跑去，睁着一双乌黑的大眼睛，这里看看，那里瞅瞅。然后，她发现我住处门前的一排槐树。时值深秋，正是落叶满地的时候。在她的想象中，可能又是在农村老家了。于是，每天吃过饭，就拿一把小扫帚跑到树下把树叶一片一片地扫，一小堆一小堆地堆起来，然后又用宽大的杨树叶子作运输工具，把小堆合成大堆。细细的汗珠从额头渗出来，用袖子一抹拉。一连几天，这成了她的"功课"。

有一位年长的伯伯发现了，就问她："妞妞，扫树叶好玩吗？""树叶能烧锅。"孩子答道。这同志高兴极了，逢人就说："在农村长大的孩子到底不一样，在童年的意识中就知道了劳动的意义，他们把游戏和劳动合起来了。玩得有意义！”我说他把这事“拔高”了。孩子的天性是玩耍。至于意义，是大人们发现的。

女儿断奶以后，就送回农村常年跟着爷爷奶奶。爸爸妈妈有对儿女娇惯的，但爷爷奶奶几乎都对孙子孙女娇惯。该上小学了，女儿还几乎没有任何知识性的学前教育。小学的头一学期，学校大门对她来说简直像老虎嘴一般可怕。数学的“1”和语文的“一”为什么不一样呢？而且竖着不容易写直，横着就更难写了。8+3和5+6怎么也算不准。女儿害怕起上学来了，非得要奶奶陪着一起去，一起坐到课桌跟前。母亲也真有耐心，就陪着去了，还陪着放学回家。回想我上小学时，父亲母亲都30岁不到，他们是断然不肯这么做的。

孩子放学回来，作业更是难上加难了。这时候，爷爷的智慧用上了。一看见孙女眉头皱成一小把，就拉着她到院子里数蚂蚁。要不，就说：“不写了，学‘羊抵架’吧。”爷爷知道，这是孙女的拿手好戏。

三四岁时女儿跟着爷爷放羊模仿到的这套表演，很逼真，先是小脑袋一缩，两臂往前一伸，身体微向前倾，然后双脚向上一跃，活像只小山羊。无论什么场合，每表演一番都要受到一阵喝彩。喝彩以后，孩子则像举人中了状元似的高兴。

孩子表演了一通羊抵架，得了一通夸赞，她那小眉心也舒展开来，眼睛也亮了。然后祖孙二人再一起算五只羊加五只羊再加一只羊，很快算对了。他们再从粉笔、扁担那里学写“一”字，从天上的大雁那里学写“人”字，从伸开两臂站着的人那里学写“大”字。

孩子的兴趣来了，作业就轻松地完成了，学校的大门也由老虎嘴变成了乐园的入口处。女儿再也不让奶奶陪着去上课了。

女儿9岁那年，我去接他们，把户口迁到城里来。我父母亲是一则以喜，一则以忧。母亲抚摩着我家堂屋门前的泡桐树，问我："你看这树长多大了？"母亲这话，使我忽然想起9年前女儿还在襁褓中的时候，天气热，常常把她的小床抬到院子里。那时候，这棵泡桐树刚有一把粗。最粗的一枝伸出来的宽大树叶还遮不住小床。布老虎、布娃娃和一把小阳伞，就挂在树枝上，孩子抬眼就能看见。现在这棵树的树荫已经遮住半拉院子了。母亲让女儿过来抱抱这棵树的树干，女儿伸出两只小胳膊还合不住手呢。

"树长大了，妞妞也要走了。"母亲说着，就扭过头去，走开了。女儿喊着奶奶，扯着奶奶的胳膊跟了过去。

我觉得，孩子开始理解大人的心了。这种感觉，在女儿同我常年生活在一起的时候，更是经常能感到。

有一段时间，妻子因事外出，家里只剩下我和女儿。一日三餐成了顶麻烦的事。我的工作很忙，常常开夜车，早上起不来。女儿大概看出了我的窘境。她下午放学回来，既不跳皮筋，也不玩别的，而是抓紧时间做作业。吃了晚饭，在邻居的帮助下，一边看书，一边卤鸡蛋，弄好放着第二天早上吃。而第二天早晨，当我醒来的时候，孩子床上的被子早已叠好放在那儿了。原来她早早起床，打开煤火把稀饭煮好了。有一次我还没下班，从老家来了一位客人。等我将要走进家门的时候，我听见女儿在和人说话："俺妈不在家，我也不会做饭，简单地吃点吧。"我一看，她正和客人一起包馄饨呢。虽然待客无菜，但孩子对客人的亲切、家常，使客人十分感动。后来，女儿学校的老师来家访，向我说起一个情况：孩子最近有一次在课堂上打瞌睡。老师问她，你历来听课很专心，今天为什么打瞌睡呢？孩子答道：妈妈回家了，爸爸太忙，我早上起得太早了。我听了这话，眼泪由不得流了出来。一个 10 岁多的孩子，太会体贴大人了。

孩子的成长并不是直线的，总是免不了起伏和曲折。

女儿小学毕业，以优秀的成绩考上了重点中学。不少人夸赞她，她有点儿飘飘然了。悄悄地对我和妻子说，人家都说我是咱家最聪明的孩子呢。那时，她几乎见啥喜好啥，在她的小脑袋里，像流星一样地闪过许多念头，而且都是有名堂的。

她说，我长大了要演电影，人家说我上镜。

有时又说，演电影没多大意思，新闻记者最棒，走遍天南海北，用笔对着天下发言。

看电视时，她又想，将来考广播学院，天天在电视屏幕中出现，让爸妈天天能见到。

有时又说，最雅的是当一名翻译。

真是花团锦簇的前程，丰富多彩的理想。在家里经常可以听到她叽叽喳喳的声音和无忧无虑的笑声。好像这个世界都是为她而安排，甚至让她来任意安排的。我们不无担心地一再嘱咐她：“好学校不一定都出好学生啊！”她口满地说：“保证落不了后。”

可是事情单打话上来。

初中一年级期末，她耷拉着脸噘着嘴回来了。我们问她：“和谁吵架了？”“没有。”“挨批评了？”“没有。”“那怎么回事呢？”“明天要开家长会呢！一去就知道了。”“那我们现在就想知道。成绩册呢？”她磨磨蹭蹭拿出成绩册。啊，原来一门刚及格，其余的也一般。

打败仗了。怎么办好呢？

女儿流着泪，咬着嘴唇，等着我们批评她。

我们并没有劈头盖脸地骂她一顿，而是让她好好想一想在哪里跌倒的，想好了自己讲。我们找班主任了解情况。那原因并不复杂，她自己很快找到了：经常和几个女同学嘀嘀咕咕电影电视明星的趣事，山南海北的新闻，课余时间浪费掉了，课堂上也不专心。

“好！知错就改仍是好孩子。”我们鼓励说。

女儿的学习没有因此滑下去。就在那年暑假，我看到孩子很长时间抱着两部书在读。一部是《居里夫人传》，一部是方志敏的《可爱的中国》。孩子开始变了。二年级一开学，就像换了模样似的。过去常和弟弟妹妹打打闹闹，现在这种事少了。开始胸有成竹、井井有条地安排自己的学习。早晨的锻炼，晚间的自习，有点像定时的钟了。同院的人有时向我打问：“你家女孩住校了吗？怎么看不见她了呢？”

我们暗自高兴，能把吃败仗当成胜利前进的动力和起点，这表明，孩子性格中又增加了坚强的东西。直到高中二年级，以至最近，她的成绩不断名列前茅。人们的夸赞又多起来，不断有人说：“这孩子考上大学没问题！”但这次，她对待夸奖的态度与初一时大不一样了。

最近，我在外地收到她的一封信，信中写道："周围人总是夸我，其实看看我的同学，哪个都有值得我学习的地方。谦虚才是真正的伟大。"

有一次，她妹问她："姐姐，你的日子可是最快乐不过了？""为什么？""优等生嘛！"可是这孩子却对妹妹说："你才是只知其一，不知其二呢。你不知道，每当宣布我得了好成绩，九十几分或一百分，我一点也没有那种陶醉的心情。相反，倒觉得很紧张。你想，这简单的分数就能说明问题吗？其实我自己心里明白，学习上的漏洞还不知有多少呢。再说这还是在一个班里，要是在全校、全市、全省、全国呢，不知道要差老鼻子呢！有时我真发愁，要是虚假的分数掩盖了我真实的不足，那才是可悲呢！要是把这一点点成绩同远大的目标比起来，又算得了什么呢！要想在将来为祖国贡献一份力量，我们现在需要做多么充分的准备啊！我心里总是怀有这么一种健康的忧愁和伟大的渺茫。"

听了这段小大人式的话语，我心里不觉一震：这孩子不光能正确地对待失败，也开始对自己有了批评的眼光了。她不满足一个好分数，把对自己要求的标杆定高了。

"健康的忧愁""伟大的渺茫"，多有意思！这不正是一种切切实实的志气吗！

人到中年以后，在家庭生活中，也许没有比看到子女的进步和成长更令人愉快的了。孩子要是也能理解大人的这种心情，该怎样加倍地努力啊。

看着一天天成长的女儿，我这样想。

1984 年 5 月

陪女儿逛超市

上午，女儿说："咱们去超市，采购吃的。爸妈都去。"

来到美国，离开家门办任何事几乎都要以车代步。三五十公里不算一回事儿。

车过两个小镇，至一华人办的超市。

"你们看看，怎么样？奶奶经常说去鸡毛场买菜，这就是咱们那儿的'鸡毛场'，美国人叫'超市'。"

女儿说着，我们都笑了。之所以笑，是因为她说的"鸡毛场"，是她奶奶在郑州的口头语。她奶奶不识多少字，经常把新鲜的词儿说转音。20 世纪 80 年代国内除长期存在的国营副食品商店以外，开始流行集贸市场，奶奶常去那儿买菜。她嫌集贸市场说着不顺溜，就按自己的理解称其为"鸡毛场"。一般人乍听还真不懂，一解释清楚，常常哄堂大笑。后来这就成为我们家的一个典故。

女儿带我们来这里的意思是让我们验证一下这里副食丰富不丰富，特别是中国人喜欢的食品是不是能够买得到。一点儿不假，如果不来这个"鸡毛场"，很难相信，斯坦福大学周边小镇的一般超市，各种蔬菜、肉类、各式调料，其丰富程度超过我的经验甚至想象。即使按照中国人的生活习惯所需要的东西而言，这里可能比国内还要应有尽有。

海鲜不用说了，因为这里是太平洋海岸的湾区，海鲜的丰富便宜是出了名的。最好的三文鱼才五六美元一磅，便宜的三四美元。皇帝蟹只要六七美元，大龙虾比蟹便宜得多。

说起价格，所有副食品比较而言，蔬菜最贵，肉类稍便宜，海鲜最便宜。但是，不少蔬菜的价格同这些海鲜相当，有的还高一些，比如韭菜就是 8 美元一磅。就绝对数来讲，当然比中国国内贵；如要按汇率比，这似乎是天文数字了，能达到 1 ∶ 8 或 1 ∶ 9。但是，与美国人的收入相比，商品的定价实在就显得便宜了。特别是同中国人的收入与副食品支出比，更显便宜。

在国内时，听人说这里没有香料，我们就带来了花椒等。又听说这里杂粮缺，就带了小米大枣之类。来到这一看，不仅这些都有，而且品质更好。各种五谷杂粮，都经挑拣后包装得很好。

有一种包装叫作“17 种豆”，是 17 种豆类集合在一起的。我们在中国北方所能找到的豆类加起来，比如豇豆、红小豆、绿豆、黑豆、扁豆、蚕豆、梅豆等，很难算够这个数。他们大概是把世界上的豆类都收集起来，然后包装出售。

我用这“17 种豆”煮粥，用来招待女儿女婿的同学。不料，那位西班牙同学吃了一碗，问是不是可以再吃一点，一位英国同学说，我真想把这种粥提一提带走。可见人之味有同嗜焉，喜欢喝粥的不光是中国人。

美国人崇尚野生的东西。野生的稻、黑麦、燕麦，都比人工栽培的同类贵许多。但做出的饭和馒头确实香得多，据说营养价值也优越许多。

女儿小时候是吃红薯长大的，我们原以为在这儿吃不到红薯。

其实，超市里红薯很多，生的有卖，熟红薯条也是随吃随买，成为一种俏食小吃。

最有趣的是，我们来时，带来一提篮豫东家乡所谓的烙馍，是我母亲亲手做的。这是家乡的一种传统食品。用白面与芝麻和面，在铁鏊子上烙成半成品，吃的时候再用火烤得焦脆，十分可口，营养丰富。在豫、皖、苏边界一带，是给孩子老人吃的。奶奶非要给她的孙女带去一些不行，老人家说，这是孙女喜欢吃的，只怕在美国吃不到。过海关安检时，因为是食品，还遇到一番小麻烦。

谁知到这里超市一看，不仅有烙馍，而且还各式各样。小麦面的，杂粮的，蔬菜的，带辣椒的，带香料的，不同做法，厚薄大小不同规格。有精致的包装，也有简易包装，已经市场化了。我粗查了一下，不下十种。不仅华人办的超市有售，美国人办的普通超市也有。据说主要是美籍华人和墨西哥人做的。我们万里迢迢带来这种吃食，只能说是一点心意了。

“美国人真会享福！”我对女儿女婿说。

“是的，美国人讲奋斗发财，但他们确实把全世界的福弄来享。多住些日子你就会知道。”女儿说。

1999 年 1 月于斯坦福大学

童 心

做父母的，有时候也怪。“娇儿不离膝”时，爬上爬下，要这要那，闹嚷嚷的，免不了心里发急。可一旦见不着孩子时，又禁不住要想他们。昔日的一副副憨态傻样，都成了绝美的图画，浮现眼前，萦绕心头，拂也拂不去。曾经讨人烦的闹嚷嚷，似乎也成了一曲曲具有喜剧味儿的乐曲了。人说，孩子是父母的连心肉，一点儿不假。

这种感受，是我这次出差远游一再体验过的。

今晚月色溶溶，清风习习，我漫步在公园的曲径上，不由得又想起了儿子小勇。

真怪，他的面庞出现在脑海里，竟然比亲眼看见时还清晰、新鲜。一串串小事，就像这夜空的星星对着我直眨眼睛。

小勇刚上小学那会儿，一次吃饭时，我开玩笑地出了一道题：“谁能找到最简练又最能代表小勇性格的语言？”

话音刚落，女儿搭了腔：“‘我饿！’是他的口头禅。好吃，是他的特点。”

全家几乎都笑了，说找得准。一点不错，小勇每天放学回来，一上楼就大喊：“奶奶，我饿！”回到家，钻进厨房，先把吃的东西塞满嘴巴，再去放书包。这声音，这情景，大家真是司空见惯了。

可奶奶却不赞成，辩解地说：“你们的话可不全面。饿就是饿嘛，他小小年纪抽那么高的条。再说，他吃完东西就去写作业，不写完就不出去玩，可有心劲儿了！”

孩子爱吃，这算什么缺点呢？其实奶奶不辩护，大家也理解，谁不是打孩子时代过来的！

去年秋天，我到南京开会。临走时，小勇嘴对着我的耳朵，悄悄地请求我给他买双白球鞋。我问他，为啥非要白球鞋？他说，带劲！我答应了他。

他的要求使我想起了我孩童时代的一件往事。

我的家乡是淮海战役的中心战场，战后有人在战场上捡到一些军用胶底力士鞋，穿着很神气。但遗憾的是，战场上捡不到孩子可以穿的那种鞋。我羡慕极了，就要求母亲仿照着做一双。母亲真的答应了。用军用帆布做鞋帮，纳很厚很厚的鞋底，并且在印着“回力”商标的地方，绣上了“学习”两个字。这双鞋使我神气了很久。

当小勇接到我给他买回来的鞋时，他先是眼睛一亮，接着两颊都红了，低着头，穿上试了试，又脱下来，包好，交还给我，说：“爸爸，我不穿，等到上体育课时再穿。”我说：“穿吧，放放又要小的。”他还是交给了我。第二天上学时，他又拿出来看看，又包好，放起来了。

看见这情景，我知道这小子心里翻腾着多少念头啊。

可到了中午，发生了一件有趣的事。

我正在午休。梦中听到有人小声叫我。原来是小勇在我耳边。

我问："有事吗？"他先是嘿嘿一笑，脸红了。"什么事？说呀！""下午没有体育课，有课外活动。""啰唆！有课外活动就去活动嘛！""嘿嘿，我想把我的脚变成小白蹄。"我听懂了，一下子睡意全跑了，我抱住孩子，亲了亲他说："去，把白球鞋穿上。只要得劲，什么时候都可以穿。"他拿起球鞋，一溜烟跑了。

"小白蹄！"亏他想得出来。多可爱的孩子啊！

每当买衣服、买鞋子时，做父母的，分明感觉到孩子又长高了。但孩子的"心"是怎么一天天长大的呢？我们却未必知道得那么分明。

有一席话我一直忘不了。一天，小勇忽然问我："爸爸，人心有软硬吗？"

我不知该怎样回答他。

"大概……可能有吧。"

我支吾起来。可他却郑重其事地告诉我："我小时候——总认为自己长大了，心可软。我一看到哥哥挨批评，我就要护着他，劝劝你和妈妈'别吵别吵'。可后来，我挨批评的时候，哥哥在一旁高兴地笑，有一次他还拍手。我恨死他了。以后他再挨批评，我就不管了。该倒霉！现在我的心硬了。"

嗬！这番话简直引起了我心灵的震动：我把孩子的心看得太简单了。

还有一次，一位朋友从外地来，开玩笑地说："小勇本来是我们家的，该让我们领回去啦。"我们说："好啊，我们正不想带呢！该跟你亲爸妈去了。"小勇不好意思地笑了。

可这番谈话却被小勇的哥哥作为"重大新闻"，跑出去给他的小朋友传播，以开小勇的玩笑。谁知他哥哥的“小广播”，又被小勇听到了。小勇立马逼着哥哥回家，并说：“等着瞧吧，告诉爸妈，有你的好事！家里说着玩的话，你到外边乱说。”到了家里，我们听了“原告”这篇状词，心里别提有多乐了：这孩子能分辨出真话、玩话，知道说话要分场合了。我又一次觉得，这个刚 8 岁的小不点儿，有时也不得不刮目相看呢。

有了这种感触，我不断地发现，孩子真的一天天在长大了。他开始理解大人。当小勇知道奶奶腿部关节炎发了时，他放学回来，总从楼下带回几块煤来；他不时地拿着扫帚扫楼梯，并且告诉奶奶：“这小事让我干吧，别累着你的腿。”有时奶奶下楼梯的时候，他急忙走到前面去，让奶奶扶着自己小小的肩膀；有时奶奶歇着，他就去抚摩抚摩奶奶的膝盖。母亲常常情不自禁地说：“我带小勇，带值了！他懂大人的心！”

想起这一切，我心里一阵激动：孩子，我更爱你们了！过去我写文章引用过黑格尔的一句话，他说人是一个完整的世界。可我要问：孩子呢，童心也是一个小世界吗？

是的，童心，它是那样的纯洁、单纯，又是那样的丰富和生动。这是一个水晶般的世界啊！

当爸爸妈妈的，你理解自己孩子的内心世界吗？

1983 年 6 月 1 日

田 野 在 哪 里

这是一个 8 岁女孩向我提的问题。我被这问题抓住了。

这是在春游的路上。星期天，孩子们要去田野里放风筝，把我从书房里拖出来，我又到妹妹家把外甥女冠楠带上。我们从城里骑车到城外去的路上，小冠楠总是问："到哪里去？"我回答道："到田野里去。"但她对这个回答总不满意，老是继续追问："田野在哪里？"

这问题把我的孩子逗笑了。

"田野在前边！"

"田野在很远的地方。"

他们用一种质朴的同时也是神秘的方式，回答小表妹的追问。

我们飞快地骑出城外，道路两旁大片大片麦田正绿得让人激动。但小冠楠还是皱着小眉头四下里张望着。

"你还没有看见田野吗？"我问。

她茫然地摇了摇头，反问我："还要很远很远吗？"

"这大片大片的绿色是什么呢？"我又问。

"这是草坪吧。我看见就喜欢。我想上去打打滚，躺一会儿。"

"你在草坪上躺过吗？"

"还没有。我在《正大综艺》里见过外国的大草坪。我光想钻到电视里的草坪上去。”她想了想，然后小声地嘀咕：“说不定这就是田野吧。”

我被小外甥女深沉的表情逗得直想笑。她欣赏着这绿油油的麦田，似乎仍在琢磨着田野到底是什么东西。

“这绿油油的东西不是青草，是麦田。它长高了就变黄了，就结出麦穗来，然后打出小麦磨成面粉就做成咱们吃的白馒头了。”我的女儿给表妹上课了。

“我知道了，知道了，‘锄禾日当午，汗滴禾下土……’”冠楠“抢答”了。她懂了。

春天的田野，色彩并不丰富，毋宁说是单纯甚至单调。但是，那没有遮蔽的广阔和无边的绿色，让人心里敞亮。麦苗尚未起莛，正可以踏青。我们放起了风筝。阳气很盛，风筝被春意托起，在天空逍遥。我们在麦田旷野里追逐、拍照，自由自在地讲故事，大声地笑。

刚来到麦田时，我躺在地垄上想享受一下禾苗的清香，小外甥女跟我学，但爬起来发现牙黄色的运动装上沾了星星点点的泥土，她懊悔地喊起来：“弄脏了怎么办？回家妈妈要吵我了！”

这情绪使我深以为憾：讲究整洁就这样成了一种精神负担！我大喊：“快跑！快跑！”我们在麦田里深一脚浅一脚地追起来，小冠楠玩得忘情了，也就顾不上脏不脏了。

嬉戏的间歇，我问冠楠：“你画画跟谁学呢？”“跟老师学。”“老师又跟谁学呢？”她当然答不上来了。我说：“就跟它学。”我在天地间画了一个很大的圆弧，“就跟这田野，跟这大自然学。”

正好，这时远处的麦田里飞来两只白蝴蝶。“白蝴蝶！白蝴蝶！”冠楠雀跃起来，头上两根“刷帚把”一跳一跳。“你可以画一幅画，画上田野，麦苗，再画上两只白蝴蝶了。”我建议。“才不是呢！只画两个小白点就够了。我只看到两个小白点嘛！”

小冠楠执拗地说着。我惊讶于孩子目光的敏锐和感觉的真实。

在我看来，小冠楠兴致高极了。扑蝴蝶，追风筝，咯咯咯地笑个不停，等出了一身汗就坐在田埂上拉着我女儿主动要给表姐讲故事。故事可真多，讲得也精彩。望着她红扑扑的小脸蛋，我问她：“今天玩得有意思吗？”

不料，她小脸陡地一沉，很认真地说：“没有意思。不就是来回跑吗？没有画画，也没有学会写字。”

我的搞新闻工作的女儿听了大笑起来说：“爸，可不得了，小冠楠的意思是说，今天没学书本就没有完成什么，就空虚。她怎么这么理智呀！我小时候在农村，成天在野地里疯玩疯跑，可开心了，我就不知道欠什么。也许比现在的城市孩子少学了写字画画，可我现在一点儿都不后悔。现在的孩子是不是活得太累？你说呢，爸？”

我没有立刻对女儿的议论表示什么，但我分明感觉到了什么。

当我们回城的时候，我问冠楠下个星期天还跟不跟我们来。回答竟是：“这要问妈妈。”她说她星期天早上起来先去学画画，然后做作业，还要学弹琴。她都有两个多月没逛过公园了。最后她郑重地问：“妈妈让我当这个家那个家，舅舅你说，我该当什么家呀？”

小外甥女的这段话几乎让我感到沉重起来。我一下子竟回答不出她的问话。

人们在处心积虑地用文化之炉对自己或对别人进行熔炼的同时，却常常忽略在自由的田野上进行生命体验。这个忽略太严重了。但我找不到和孩子对话的语言。我只说：“不管怎么样，下个星期天咱们还到田野里当个‘玩家’吧。我去对你妈妈说。”

是的，我是该和妹妹说一说了。

1992 年 4 月

多年师生成朋友

一个老师，以什么样的形象留在学生的记忆中，怎样走进学生的精神世界，一定有千奇百怪的情景和方式。

每当同学相聚，说起老师这个话题，总有数不清的面孔在我脑海里叠映出来。较早被推为特写并且定格的，是我上小学时的地理老师。

他那奇特的声调和姿势一下子就把我吸引住了。

我们这些在穷乡僻壤中长大的小学生受着视野的限制，认为看地图是一件很不习惯的令人伤脑筋的事，对地理课不容易听进去。

这时候，他来任课。

我第一次感觉到我们的教室太窄了。唤起这感觉的是他跨进教室的那一刻。因为这位老师个子高，腿好像比一般人长得多。他的步子似乎特别豪迈，进了教室，只两三步就跨上了讲台。

哗哗啦啦地展开地图，钉在黑板上。转过身来，并不立即开讲，而是先对着全班同学微微一笑，然后小心地从讲台上倒退到一侧，挥起一根漆得很亮的棍子（也许是康乐球棒），后来知道那叫教鞭，在地图上画了一个圆圈，说出了第一句话：“今天讲伟大的祖国！”

他的声调有些怪。喜欢一低一高，先快后慢，形成高低音的差别和语调快慢的节奏，既不同于一般的平淡的讲演，也不同于日常口语，似乎在这二者之间。

他煞有介事地讲着话，不看讲稿。背着手，手里拖着教鞭，一边走动一边讲着，间或转身把教鞭一指黑板，发一声问："我们的祖国地域辽阔，究竟有多大呢？"他微笑着盯视同学们一眼，然后就掉头而去。一边走着一边自己回答着，熟练地排比出一大串比较数字来，比如中国等于多少个法国、多少个英国、多少个意大利等。然后又回过头来盯着大家问："我们的祖国大不大呀？"课堂上雀跃起来，同学们的思路随着他的教鞭和发问游动着。

一种新鲜感在课堂上活泼泼地扩散开来。地理课不令人讨厌了。头一堂课下来就有同学模仿他的模样：大步迈进教室，背起手踱着步子，忽而扬起手一下子指向黑板，忽低忽高，先快后慢，抑扬顿挫地讲一通。特别是临上地理课，老师未到，常先有同学冷不丁地跨进教室引起哄堂大笑。

学生对老师讲课发生兴趣，就会对老师从各方面注意。

我先是注意到他手中的教鞭，一旦他掂起那根长长的木棍，随意指点世界的时候，他本就高大的身材显得更伟岸了。

继而注意到他的眼睛，那是一双大而专注却不严厉的眼睛，即使盯着你也不令人紧张。

继而是他眼睛上面方方的额，浓密的黑发剪成平头，显得很有精神。

那时我们最崇拜的名人要数文学家高尔基了。从发式、眼神和前额，似乎可以找到我们的老师与高尔基的相似之处。不知哪位同学偷偷地说出了这发现，忽一下子就传开了。同学们用这种方式表达了对老师的敬意。

假如同学们崇拜了某位老师，那可是一种无形的力量。走路姿势、衣服样式、发式、谈吐、字体以及眼神，都会有人模仿，而且会以惟妙惟肖为荣。自那时起至以后好长时间，我都留着平头，就是暗暗学老师的样。

我更醉心的是老师的书法。他会写很整齐的仿宋字和其他印刷体，刻蜡版又快又漂亮。他的行书是很怪的一种自创体。一律往右倾斜，收笔时的一两笔往往任意伸长或弯曲，很像他的两条长腿无法在坐椅里安放。总之，是一种不守规矩的、有些狂放的字体。我当时是十一二岁的小学生，已能用几种仿宋体独自抄写一块黑板报，我的笔记本则完全是长胳膊长腿的斜体行书。在我的想象中，这位老师如果看到，一定会暗自发笑的。很久以后，我发现了这种字体的毛病，下了很大功夫才纠正过来。

对于当老师的人，学生的评价和社会上的评价常常是不一致的，甚至是冲突的。我早就风闻，他人对我的这位老师有些微词。据说有两条。一是说他对家庭冷淡。论据是成年不回家，偶尔回去一次，也是深夜到家，早晨又赶回学校。本村的人很少见到他。二是嗜酒，而且好饮好酒。有些以正派自居的人据此把老师视为不近人情的怪人。

对于这些风言风语，我们当学生的很为老师抱不平。在我的印象中，我们是一星期七天都能见到他的。他常常晚上熄灯以后突然来到学生宿舍的门前静静地站一会儿，听听我们在议论什么，然后说一句“睡觉吧”，就背着手离开。有时星期天站在操场上看看住校的学生打篮球，踱到这一边踱到另一边鼓劲。每当出墙报的时候，他总要亲自过问，安排版面，甚至为标题写美术字。总之，在学生的生活中，总是时时见到他的身影。

初中勤工俭学时，学校曾经建立一个饲养场，我成了羊倌。有一次我写了一首放羊歌，其实是儿歌式的顺口溜，其中有四句是：“手中扬着鞭儿，前头赶着羊儿，爱劳动哟，好男儿。”他听说以后，亲自找我要我抄给他。他由此发动了一次在全校征集诗歌创作的活动。从收集、修改、编辑，到刻板、印刷、装订，都由他亲自动手，竟成厚厚的一册，并且为此开了一次诗歌朗诵会。我不知道我爱好文学的火苗是不是由我的这位老师最初点燃的，但他使我为自己最早的“创作”兴奋了很久。而这些工作，似乎都不是他分内非做不可的。

他对学生的挚爱几乎是一种自发的内心要求。我读大学期间，每当假期回来，都要去看望他。每次我都会遇到其他从外地回来的学生和从基层来的学生，可以说是学生满堂，在他则说是高朋满座。他照例像招待朋友似的拿出好酒好菜来，每每喝到微醺才罢。正是这时候，我才知道，他真的有些嗜酒。

有一次闹了个大笑话。在我们正吃饭时，他在乡下读书的儿子来了，老师已经喝得醉意朦胧，他一时将儿子误认为是学生，问道：“你现在在哪个学校？今年多大了？”儿子脸红着说出自己的小名，老师朗朗笑着说：“弄错了！弄错了！”

老师分不清学生与自己的孩子，这只怕是极偶然的。没有必要称赞老师爱学生就要对自己的子女冷淡。但许多做过他学生的人，见到了他确有如见父辈的感觉。已经说不清有多少学生受过他的帮助。在那个温饱问题一直未解决的年代，他的慷慨解囊给许多学生留下终生难忘的记忆。

对于他的好饮酒，我一直搞不清究竟是出于他的个人嗜好，还是家乡风气，抑或是精神上的补偿需要。我只知道他和我在一起时饮酒是表达情感的一种方式。常常是，他一见到我从外地回来去看他，第一件事就是安排人去弄点好酒好菜来，反复地申说我们今天说说话。我感到洋溢着的师生情谊。

中国有句老话，多年父子成兄弟。我以为，同样的，多年师生成朋友。我工作以后，我们在一起喝酒的机会不多了。但总是互相牵挂，时常互通音信。“文革”中，我们虽然相隔很远，我并没有直接同他串联，或者给他通风报信，却属于同一派别，我疑心可能是老师受了学生的影响。

“文革”后期，我在自己家里请他喝了一次酒。那是他到北京看病，我帮他转车。他到我家里刚坐定，就问：“有好酒没有？”我看着他已经十分消瘦的身体，担心地问：“还能喝吗？”“当然要喝！”他不回答“能不能”，只说“要不要”。边说边从自己提包里把酒掏了出来。我急忙说：“好酒我这里有，只是今天你少喝点，我多喝点。”“行，反正要喝。”我不知道在老师的办公室兼宿舍里，他陪我喝过多少次酒，现在轮到我向老师表达敬意了，老师却不能多喝了。我以十分复杂的心情喝到几乎醉了。而且这唯一的一次，竟成了最后一次。

后来，有人嘱我劝劝老师身体不允许喝酒了。我每次见他都劝，但结果是一边劝一边喝。我知道劝是无用的。喝酒已经和他的生命连在一起了。据说，最后他还是因为喝酒而使脑血管发生严重问题竟至无法救治。我到底没有探问他为何这样嗜酒：好饮？苦饮？愁饮？我一直疑惑他心中有些什么无法排遣的东西需要借酒来暂时麻醉。但也一直没有深问。

老师壮年刚过就去世了，应当说是英年早逝。但在我的心里，他却一直还在家乡的教育岗位上活跃着。一想起他，在我脑海里就会叠映出许多画面：他拿着教鞭在课堂上，一边踱着步子一边讲课；他把自己腰包里的钱掏出来，塞给困难的学生；他和学生们一起喝着酒高谈阔论……这些画面将会永久地留存下去。

1987 年秋于河南省社会科学院

好 酒 好 友

我有一句话在朋友们相聚时常常被引用。这话只有四个字：好友好酒。

我知道，不是因为这话是我说的而被传播，而是因为这几个字说出了许多朋友的某种共同人生体验而被认同。

关于酒的个人记忆许多都与朋友联系在一起。

我一个农家子弟，最早接触酒是给爷爷打酒，一毛钱的滩溪口子大曲是他每天早餐的最大享受。我的差使是打酒的童子。当爷爷喝完酒，我把红泥小酒壶倒过来，看能不能控出一滴剩余的酒来。常常一无所获。但是，酒的味道、气息留在了我少年的记忆中，这个启蒙影响颇为深远。后来我上中学的时候，开始时常陪客饮酒，尽管都是比较低劣的乡村曲酒，但感觉是高级的享受。

第一次接触茅台酒，是在大学一年级回家时。我的一位从小学就教我的敬爱的老师，打开了一瓶黑陶瓷装的茅台酒，深情地对我说："你都上大学了，我为你和你全家高兴，我也高兴，咱们喝一杯茅台！"

这是 20 世纪 60 年代初。茅台酒的绝对价格今天看来十分便宜，但我的感觉神奇而又神圣。后来再喝茅台酒或者各种名酒都不再困难，但老师的那一杯茅台酒对我的鼓励和希望，我是终生不会忘记的了。

20 世纪 70 年代初，我刚调到省委机关，一个人吃在食堂，多少有些寡淡。但朋友家常常有人来办事做客，尽管不大宽裕，也总少不了酒。于是，每每拉我陪酒，同时就留下了许多难忘的记忆。

在人生的旅途特别是快意中，能够与好友相聚的快乐相比的事情，恐怕是不多的。因为朋友身上负载着个人太多生命的信息，友谊是人生丰富性的重要证明，是人生价值和意义的证明。用一句带有商业性质的话说，友谊是人生的宝贵“财富”。在友谊中，酒是有特殊功劳的。

于是，有了我那句“好友好酒”的话。

朋友相见，拿什么表达高兴的心情呢？拿什么表示对朋友的欢迎之意呢？如果把曹操的诗句改作“何以对友？唯有杜康”似乎过了一点。但拿一首著名歌曲中的一句词“朋友来了有好酒”，应当是贴切的。

是的，友因酒而愈加热烈，酒因友而更为醇厚。生理的享受和心理的享受，共享、分享，又一起升值，多好啊！

在朋友聚会时我也多次感叹过：“好友好酒，只有两个条件，何其简单！但是，长期经历物质匮乏时代，常常是有好友没好酒，只能凑合着有什么拿什么，哪里能说得上‘好’字！现在，又有了另一方面的问题，好酒是有了，但朋友已经老了，不能经常相聚，为了健康的考虑，酒也不能多喝甚至不敢喝了。”有朋友安慰我说：“好友好酒的‘好’由三声读成去声，成以趣联‘好（hǎo）友好（hǎo）酒，好（hào）友好（hào）酒’。那就正好送给先生。”

我想，这是对的。为了友谊而饮酒，心情快乐而有益健康。但不要为了饮酒而成酒友，更不要为了斗酒而被酒牵着鼻子成为酒鬼。那就不是好酒好友，而是酒徒酒鬼了。

2010 年岁尾

磨 砺

人在中学时期，大概因为还没到成人的年龄，对老师的依赖和依恋类似于对待父母。人的一生可能有好多母校，但对中学的母校感情可能也较之小学和大学深厚以至于深远。中学时期学习的不过是知识大海中最一般最基本的知识，它却是日后一切发展的基础。

从我进初中那一年算起到现在已经44年了，我高中毕业也已经38年了。但今天想起来却像昨天一样。

整个中学阶段，对我来说，读书不是难事。我好像是以优秀的成绩一路走过来的。但是，学业成绩好并不能完全解决一个人的成长问题。中学时期正好是人从少年到青年的过渡时期，是“连骨头加肉一起生长的时期”，它还必须解决学业之外的许多问题。

这些“学业之外”的“问题”，是各式各样的困难。成长就在克服这些困难的过程之中。

我遇到的第一个难题是想家。

我先读的是一所新建的中学——永城二中，我是第一届学生。校园、课堂、宿舍、操场，所有的建筑物，全是新的。老师当然也是新调进来的。我从穷乡僻壤的村小，到同样偏僻的完小，然后来到这里，一种未曾体验过的新鲜感，吸引了我，甚至令我陶醉。

但一入学就碰到这样一个严格的规定：学生每月只有一个星期天准许回家，其余星期天不准离开学校，否则以违反纪律记录在案。年龄大了以后，觉得这是不值一提的小事一桩，可当时我只有 12 岁，一个月不回家成为难以忍受的事情。

这又与两个“问题”紧密相连。

首先，生活不能自理。我起床后不会叠被子，早操赶不上。两个同学互相帮助，一人扯一头，总是叠不整齐，检查卫生不过关。衣服谁给洗？一个月可以拎回家一包脏衣服，但有些却等不得，在操场上换下来的衣服脏得实在不行了，就在水里泡一泡，揉一揉，晒干重穿。袜子呢，穿了正面穿反面，脚汗湿了晒干再穿上，反正是能不洗就不洗。这些小事，看见就头疼，头疼就想家。

另一个天天缠绕我的问题，是饥饿。那时国家刚刚实行粮食统一收购、销售政策，学生的粮食供应标准为每月 36 斤。大部分学生来自农村，经济困难，副食极少，每餐只有定量的馒头稀饭，每人只有几分钱的菜，因而总是吃不饱。学校当时又有一条规定，不准从家里带吃的东西到学校，以证明国家供给的粮食是能够吃饱的，带东西则是对国家粮食政策的态度有问题。有一句口头禅说“吃饱了不想家”。由于实际上吃不饱，我消化又快，常常是上午第三节课，下午课外活动时间，晚上下自习以后，肚子咕噜噜一直叫唤，又没东西可吃，想家的心思就像野火一样烧起来了。尤其在周末，作业做完，无事可干，或者在操场上驰骋一番，或者在学校所在的镇子大街上转悠一圈。大家聊天第一兴奋点几乎都在一个吃上。越饿越想说，越说越觉得饿。闲聊变成了精神会餐。假如谁说一句“这要是在家该多好啊”，立刻就起连锁反应。

有的同学跑到宿舍外头屋角旁，面朝自己家所在的方向，涕泪涟涟。想家像传染病似的，大家都不安宁起来，恨不能立马逃学回家。但是，当时学校年轻的校长一再对我们讲："你们是中学生了，按照旧时代的说法，已经是'秀才'了；按照革命的传统，已经是红小鬼了。应当尽快独立起来。首先在生活上要自理，有些不能克服的困难要忍受，要尽快在思想上割断家庭的脐带，不要动不动就往家里跑。"

当时对这位校长的要求实在又怨恨又无奈，完全是被动接受的。但毕竟接受了。初中几年，我的独立能力确实大大加强，家庭意识在淡化，遇到问题再不是首先想回家找父母，而是首先在自己及周围、社会上想办法。吃饱饭虽然一直是个问题，其间发生了不少悲喜剧，但似乎并没有影响到学习和发育，肚子不太饱时脑子反而比较好使。在被动中锻炼的忍受力，更是终身受用。

走路，是痛苦的磨炼。

我上高小时，已经受过两年走路的磨炼。我家离学校 4 公里，差不多每天来往一次。我当时的年龄是 10—11 岁，还要背着书包和干粮。存留在我记忆中的高小生活，好像就是走路，每天不停地走路，急急忙忙；稍慢一点，就要迟到。上初中时，家离学校 8 公里。每月往返一次，年龄又长了两岁，就不算一回事了。上高中时，真的考验才算来了。

20 世纪 90 年代的人们无法想象，不骑自行车，不坐汽车，只靠一双脚，可以走长途上学。我那时就是这样走过来的。

我家离我就读的永城高中 23 公里，学校对学生回家政策比较灵活，没有死规定每月一次。但是，需要回家拿伙食。十六七岁的年纪，一次带够一个星期的伙食，已经不堪重负，因此就必须每星期回家一次。这就不是说话那样轻松了。回一次家要步行23 公里，星期六下午必须赶到家，星期天下午必须赶回学校，不能不视为“畏途”。一是路太长，体力不够。按成年人平均速度每小时 4 公里，回家一次就要将近 6 个小时，中间几乎不能休息。回到家或是走到学校都是筋疲力尽的。二是农村长大的孩子又特别害怕走夜路，怕水，怕坏人，更怕鬼。就这样，走了将近 3 年。也不知多少个来回，算不出多少路程。我的脚力是练出来了，记得有一次，星期六第四节无课，我立即踏上了回家的路，到家时，家里午饭时剩的面条尚有余温。

现在想起来，都有点儿后怕。当时哪里来那么大劲儿？开始时视为畏途，后来就一点儿也不在乎了。从此我再也不怕步行，直到我当了大学教师回家时，仍然可以从火车站带着行李白天步行 40 公里不感到有多大问题。后来散步则成为我的重要爱好，看样子，这一爱好大概将伴随我终生了。

有趣的是，在无数次地用自己的脚丈量故乡大地的时候，我真切地了解了一个县的地理、气候、风物、文物、人物、民俗、文化，尤其当下的社会现实，有许多是第一手的，刻骨铭心的。在不同的季节，天气好的时候，我走在乡间的大路上和曲曲折折的小路上，又可以驰骋自己的想象，特别是一个农家孩子对未来的构想。要是没有这些构想，是不能月复一月、年复一年地这样兴致勃勃地走下去的。后来，我的有些散文作品中的感受是同这些经历很有关系的。

1999 年 3 月于河南省文学院

馈赠

高二下学期的某一晚上，大约是国庆十周年的时候，一位同学来约我：“咱们去图书阅览室吧？”我有点愕然：“阅览室在哪儿？”“在东二排西头。”“我怎么不知道？”“刚开放。这个星期一刚开放。”

我们一起走进了阅览室。

阅览室也就是一间教室那么大，但电棒比教室里增加了一倍，看起来明亮得多。几面墙上挂着大幅画像，一些是科学家：牛顿、门捷列夫、张衡、祖冲之等；一些是作家：高尔基、鲁迅等。四面墙上最醒目的是名人们关于读书的语录，给我印象最深的是，在北面墙的正中间有一横幅的行书，上面写着“认真读书”四个手书大字，落款是朱德。我望着它出神：这位大元帅也主张读书，我原先真没想到。我仔细想想，从我上高中以来，这些鼓励读书的声音已经越来越微弱，以至于在学校里人们都快忘记读书了。

阅览室里摆放的主要是报纸期刊，有一部分书是展览的，锁着，我记得晚上不出借。我抓到了一份《科学画报》贪婪地读了起来，直到要关灯的声音催我，才离开了那里。

有一段时间，我成了那里的常客。

在这个第二课堂里，我阅读一些科学期刊，更多的时候是读小说诗歌之类。特别是当时推荐的十部长篇小说。随着阅读，我想做一点笔记。我笃信徐特立“不动笔墨不读书”的话，就用仅有的一点零用钱买了笔记本，带上它进阅览室，出来的时候总是要“带”走一点东西。随意地抄录一些打动过自己的语录，头一次见过觉得有用的资料，特别郑重地抄一些新诗和报刊短文，因为当时我痴迷它们，尽管事后看来大多是一些那个狂热年代流行的大路货，许多连狗屁都不如，但有个别好的我至今没有忘记。这一段进阅览室的经历，在我后来读大学时，很自然地发展为进图书馆阅览室的习惯。

已经 40 年了，我今天回忆起来，这一幕，仍然异常清晰，而且鲜明。

这对于今天的中学生来说，会觉得匪夷所思。你去阅览室读读书，有什么值得一说呢？

而实际上，这在当时是一件难得的事情。

那个时代人们正热心于一种试验：用简单的、超强度的体力劳动和无节制地参加政治活动作为培养社会主义新人的基本方法。我们可爱的故乡常常有一些好走极端的人，这时这些人刚好在主持领导工作，在这方面比别处走得更远。

我们这一届高中生（1958—1961）正经历了这个过程。高中学生不仅成为当地政治运动的啦啦队，还成为农业生产的预备队。

连续不断地停课参加与学业没有关系或者中学生无法理解的政治运动，已经占用了大量的上课时间；县里以至公社领导更是经常发出学生参加大干苦干完成某项任务的临时指示。从春天的送粪、预防小麦霜冻、锄草、夏收、翻地、播种、秋收、积肥、冬播，以至挖河修渠，大炼钢铁，等等，几乎无一例外都要求学生成为一支生力军。常常连续大干三天三夜、五天五夜、一个星期、两个星期，甚至长达一个月下乡参加农业生产。

在这种情况下，教学计划中的上课时间越来越少，课堂教学任务只能草草应付，学生（也包括老师）由于长时间的睡眠不足和营养不足，功课也只能马马虎虎，哪里还谈得上课外阅读？

作为学生，我当时当然不敢反对这些做法，只能腹诽而已。但内心总是渴望学习时间得到保证，渴望有更多的时间供学生自己支配。

现在，我重新想了想，整个高中阶段，那样自由阅读的机会确实不多。高中阶段在我心里留下的基本印象，就是疲劳瞌睡和饥饿，虽然我的学业还算是名列前茅的。我们漂亮地做了许多学业以外的事情，唯独没有办法和能力把学业完成得更多、更好。

于是，那一段时间的阅览室经历就存在了我的记忆中。我在那样的阅读中，感到了一种自由。在一种主动的学习中，得到了渴而得饮、饥而得食般的快乐，一种作用于本能的、自然的快乐。

这种自由的阅读打开了一个中学生的眼界，使我这个从偏僻的乡村出来的农家孩子，开始知道在课堂上得到的那一点知识是远远不够的，甚至是微不足道的；这个世界是那么宽广，宽广到令自己无法想象；你要在这个世界上站住脚，你就得多多地学习；你的知识愈多，愈扎实，你的自由度就愈高。

可惜的是，这种自由在当时不可能得到充分的发展。中年以后，我常常遗憾高中阶段的学业基础不够坚实，以至因先天不足而影响到后来的发展。这里重要的不是谁的责任，而是应当消化这样一些今天想来令人震惊但已经成为历史的事实，包括一大堆的可笑和荒唐。

就个人来讲，这一切仍不失为那个时代的馈赠：体力劳动和农业生产活动使我们更深刻具体地了解和体验了底层生活，尤其农民农村的生活；政治活动使我们懂得个人命运与时代密切相关；饥饿也使我们懂得了经济规律乃至历史规律的不可违抗性。至于违背教育规律去办学，那就不仅误人子弟，而且要有害于国家和民族了。

但是，我不能不说：获得这些馈赠的代价是太大了！后来的人们将不会以这样的方式获得这种馈赠！

只是，无论如何，让历史经验化为财富，总比单纯的抱怨更智慧些。

1999 年 6 月 6 日于河南省文学院

生 命 赋

我常常在司空见惯的自然中看到种种生命的奇观。

挺拔的巨树，葱茂的森林，绿色的草原，成熟的庄稼，盛开的鲜花，望着它们，或徜徉其中，那种充沛着的洋溢着的博大生命力，常常催发我爆发出一种激情，在我周身漫布，升腾，飞越。

但是，有一些更细微更不显眼的现象，往往特别作用于我的心尖和神经末梢，引起我的一种轻微的却是异常深刻的震颤。

早春，当冰凘尚未完全消融，万物尚未苏醒的时候，柳树的枝条还是铁灰色，可如小米粒般的新芽已经顶着严寒冒出来，她就是报春的最早的使者。万木争荣的自然之春就是从它开始的。

当枣芽发出不久，在播种过的棉花地里，可以看见棉芽冲破柔韧而疲软的壳子，一个个钻出地面，遍地都写着两个字：突破。

麦收过后，在麦茬地里新播种上的大豆，不几天工夫，从薄薄的透明的外衣中，窜出茁壮的一点胚芽，探头顶破地表，满地像是用五线谱写成的生命第一乐章。它预示着，同时也开始演奏着一部生命交响乐：活泼泼的胖乎乎的豆苗，无边际的宜人眼目的豆绿色波浪，成熟的金黄色的小山。

我害怕见花蕾。特别是那种已露出一点亮色，将要绽开的花蕾。我一见到它，就如醉如痴。它能一下子把我原来的思路打乱，斩断，重新引诱我不顾一切地去做生命瑰丽峰巅的想象。

经过长久的默默不响的经营、吮吸、积蓄的全部精华、神采、光辉，就要在一刹那展现。这是怎样激动人心的时刻！恰如刚刚构思好一篇十分得意的文章，将要展纸挥笔的当口，也恰如对初恋情人迷恋时的慌乱，有时有一种喘不过气来的感觉。

面对花蕾，我的思路空前地奇特、活跃。有一次我竟然呼啦一下忆起了几年前的一场玩笑话。

那是我和朋友在街头漫步，一群迎面而来的幼儿园小班的小朋友叽叽喳喳乱钻乱闹，我们被挤得无路可走。可我的那位朋友说，别急别气，说不定未来共和国的总理、部长、文坛巨星、科学泰斗就在这里。

真的，我不是为了写这篇文章而寻找比喻象征，我常常在花蕾前想起这位朋友漫不经心的预言。

我还有一个执拗的习惯：喜欢在贫瘠的荒凉的山间或沙漠流连。岩间石缝中生长的斑痕累累、千扭百弯的怪柏奇松，荒漠中的一株或一丛“沙打旺”或骆驼草，石板上的一片黄绿浅灰的苔藓，我都向它们注目。这些景象剥落了我热烈的情感，凸现出严峻的理性，我不是可怜它们，我是敬仰它们！

这是怎样坚韧不拔的生命追求！在极端恶劣的条件下，它们全都生长得很顽强，很自信，很精神！外在的温度、湿度、肥沃度等条件，对它们都不重要；它们几乎全靠自己内在的生命力。如果条件再恶劣一点，别的葱茂的一切可能化为死亡的尘埃，而它们仍可能依然故我，生机盎然；如果条件好一点，那它们该是一副怎样的葱茂模样！

还有比生命现象更瑰丽更丰富的吗？

生命，就是开始，就是突破，就是希望，就是创造，就是追求。

有幸获得一次生命，那就让生命像那么回事地展示一下吧。

1990 年 10 月

老家记识

老 家

——叙说河南

我们每个人都有自己的家乡。不管走到哪里，现在居住在何处，在心中都有一个老家。有时是具体的记忆，有时是朦胧的印象，有时只是一个概念。

就个人来说，我理解中的老家往往是父母居住地，或者是祖父母居住地。更远的所谓祖籍，常在感性记忆的范围之外，不大说得清楚了。

但是，对一个民族，尤其对一个历史极其悠久的民族来说，依靠文字记载和文物考古，能够保留老家更深远的记忆。

“昔三代之居皆在河洛之间。”司马迁的这一判断是千古不易之论。《史记》《尚书》和其他先秦文献史料，大量的考古资料给以支持。中华民族首先在以今天河南省为中心区域的中原繁衍、兴盛、发展，而后逐渐向四周迁徙，与四周交融。中原成为中华民族最主要的古老家园。

一个历史悠久的民族，其寻根问祖是一个巨型问题，但有一个简便的方法可以从整体上清楚明晰地解决，那就是考察姓氏源流。

在中华民族数千年的演变中，姓氏像血脉的记号一样，牢牢维系着中华民族这个大家庭。史家认为，从人祖太昊伏羲氏“正姓氏，别婚姻”，今天河南淮阳成为中华民族姓氏之源。尔后炎黄二帝派生出一个个支脉，形成了众多姓氏。从夏至北宋，中原作为许多王朝封邦建国的封地和众多望族的聚居地，姓氏大大增加，同时成为许多姓氏的源头。

据统计，夏商时期有17姓，835个氏，演变成后来的“百家姓”。如今全国1万多个姓氏中，起源于河南的有1500多个。在2006年新华社公布的中国常见的100个大姓中，源头或部分源头在河南的，有78个。河南的淮阳、洛阳、濮阳、商丘、新郑、许昌等，都是中国重要的姓氏根植地。

中国历史上由于改朝换代而发生过无数次战争，而中原成为中心战场。战争引发的灾难和人口的大迁徙，造成中原人口向全国的流动。通过姓氏，可以找到中原人向外迁徙的线索。

从秦汉时期开始，中原居民屡次南迁。史称大的迁徙有三次。第一次是西晋末东晋初。“八王之乱”继而“五胡乱华”，中原近百万士族“衣冠南下”。读史可知，东晋和南朝的文学家、艺术家、思想家多出自南下的陈、谢、王、范、江、庾等中原大家望族。

第二次是唐末五代时。以“唐朝军人”身份入闽的光州固始陈氏、王氏率7000人之众，随陈氏南下的64姓，随王氏南下的27姓。这些人的后代自称为“唐人”，把自己的故乡叫“唐山”，以后迁徙聚居的地方都叫“唐人街”“唐人町”，影响至海外，十分深远。

第三次则为北宋末南宋初。随朝廷南渡的中原官军士民，数量更大。南宋曾有“直把杭州作汴州”的诗句，清人更有诗曰：“中原有旧族，迁徙名客人。过江入八闽，辗转来海滨。”

中原人南迁被称为客家人，在闽、浙、赣、两广，客家人、河洛郎的称谓已有千百年的历史。至今南方还可见到不止一处的洛阳桥、河洛村，形成庞大的客家人群体。据有关统计，南方广东、福建、江西、广西等9省区客家人大概有4700万，全世界客家人约1亿。

这些客家人与今天之河南有什么关系？有人从姓氏的角度统计，居住在福建宁化的100个姓氏祖籍地中，源于河南的有32姓；广东梅山有客家人77姓，源于河南的有42姓。居住在福建、广东的客家人之一部分，在明末清初继续向台湾和东南亚等海外迁徙。1953年台湾进行的一次户口统计表明，户数在500户以上的100个姓氏中，有63姓族谱上记载着祖先是西晋至唐朝从河南迁往福建再迁到台湾的。这63姓的户数占台湾总户数的80%多。而据1979年的统计，台湾的汉族占总人口的98%多，其中80%是福建去台湾的河洛人，尤以陈、林、郑、黄四大姓最为著名。有人统计，自1987年至2005年初，仅从台湾来河南的同胞就有近130万人次，其中26万多人次是专来寻根问祖的。

中华民族大家庭人口众多，文明发展的成就也如满天星斗。但大量事实告诉我们，说古代中原的中心区域即今天的河南是中华民族的老家，应当不算夸张。

2010年秋

京 畿

——再说河南

要简要地叙说中国的河南，首先使我想起一个有点生僻的词：京畿。

京为都城。畿呢？中国古代有所谓“王畿千里”的说法。《周礼》上说：“制其畿方千里而封树之。”《诗经》上唱：“邦畿千里，维民所止。”《说文》解释：“畿，天子千里地。”

依现代辞书解释，京畿是指古代王都及所领辖的千里地面，或说京城及所管辖的地区，包括京城的旁邑。

千里，大体是个约数。各个朝代会有不同。相同的是每个王朝都城及其周边都圈了一个很大的区域。说明古代王朝的京城选择与管辖范围，有一种战略眼光与制度设计。

城市是文明的重要标志和载体。被选作首都或者说京城的地方，自然必须具有地理区位、自然山水、气候风物、经济文化等各方面都比较优越的甚至得天独厚的条件。选定以后由于举全国之力进行建设，必然更加发达。即使是由于“争权夺利”而发生的战争和破坏，特别频繁地降临到这样的地方，也必然集聚了、凝结了民族的实力、经验、智慧和精气神。

在中国几千年的历史上，哪个地区是建立都城最多的省份？

答案是：河南。

由于河南地处中国腹地，是中华民族的主要摇篮地，中华文明的主要发祥地，中华文化的主要创生地。从夏代到北宋的 3000 年间，先后有 20 多个王朝 200 多位帝王在河南建都。河南差不多一直是全国政治、经济、文化、军事的中心，中国古代创造发明的中心，向全国和世界传播交流文明的中心。今天，河南的地下文物、馆藏文物、国家历史文化名城和重点文物保护单位的数量，均居全国第一。

全国八大古都河南有其四。只说这四大古都。

郑州市。据古史记载，今郑州市先有黄帝后有春秋战国之郑国、韩国建都于今新郑，夏禹建都于阳城即今登封市告成镇，商汤都城一度建于今郑州市。

洛阳市。司马迁说："昔三代之居皆在河洛之间。"《史记》详细地记载了周武王灭商后迁九鼎于雒邑，然后由周公营建成周为新邑的故事。雒邑、成周、新邑，即今洛阳，成为东周、东汉、曹魏、西晋、北魏等九朝都城。

开封市。自春秋郑庄公建启封，汉景帝刘启更名为开封。战国时魏为大梁，中经五代一直到宋之东京汴梁，史称七朝都城。

安阳市。为殷商后期都城，朝歌（今淇县）为陪都。

这些名满寰宇的城市名字，都在河南地面上。还有今商丘市、南阳市、淮阳市、禹州市、沁阳市、荥阳市等今天之中原城市，与古代之同名都城名城，同样有直接的渊源关系。

看来，河南的大部分地区都曾成为京畿之地。

此事非同小可。这起码意味着，河南的中心区位、奇山佳水、宜人气候、丰富物产、厚重文化，数千年来，为人所共识。

如果说河南有人不熟悉，但知道洛阳，知道开封，知道安阳、郑州、南阳、商丘这些城市，也许，知道这些，就约略可以想见河南的分量了。

2010 年秋

中原人物赋

人杰而地灵，地灵而人杰。古人的这个发现和总结，中原这块土地和这块土地上的优秀人物，也许作了最好的印证。

中原自古以来就是中华民族的风水宝地。古人谓之九州心腹、十省通衢，四方辐辏、八面来风；今人称为文明史上觉悟最早、文化最发达的地区，它长期处于国家政治经济文化中心，是永远的民族精神家园。

时势造英雄。这样的地方，呼唤着、创造着英雄人物。英雄造时势。风流人物也在这样的地方创造着、成就着伟业。钟灵毓秀，中原星空图上群星璀璨；人才奋起，中原历史上人才辈出。据统计，二十五史中立传的河南籍名人 3700 余人，数量为各省之冠。中国历史上自汉至明 5783 个历史人物中河南籍者 922 人，占 15% 还多。

值得夸耀的不仅是数量多。更重要的是，在中华民族发展史上，中原人物举足轻重。他们的辉煌成就彪炳于当时，影响于历史，铸成独有的特点。

一曰开创性。黄帝从河南新郑出发，引领全民族创造华夏文明，成为民族最伟大的代表。在群雄争霸百家争鸣的春秋战国时代，中原是逐鹿的主战场，争鸣的大舞台，磨砺人物，孕育大师。

先秦诸子中一大半为中原人，老子、墨子、鬼谷子、列子、庄子、韩非子、尉缭子等，创造了中国文化的元典，在几乎所有领域铺就了中国传统文化的基石。洛阳人苏秦、开封人张仪分别以连横合纵之策演绎了历史的超大场面。赖于商鞅、韩非、吕不韦、李斯几位河南人的治国思想和方略，秦始皇完成统一中国大业，其思想和制度影响百代。

二曰巅峰性。中国古人喜好把各个方面达到登峰造极的人称为圣人。司马光解释说："才德全尽谓之圣人。"在历史上中原是出圣人的地方。以《道德经》影响中国和世界的老子为道家圣人，以"诗史"著称的诗圣杜甫，早为历史公认。道家的另一个代表人物庄子、科学家兼文学家张衡、医药学家张仲景、唐代古文运动领袖韩愈、画家吴道子、僧人翻译家玄奘、抗金英雄岳飞、在世界上有重大影响的天才音乐理论家朱载堉，也被越来越多的人尊曰"圣"。传说中生于河南南乐的仓颉、汉代河南郾城的许慎，因对汉字创造和整理的不世之功被称为"字圣"，汝阳人杜康发明了酿酒而称为"酒圣"，最早弃官从商留下经商著作的范蠡被尊为"商圣"，他们都被大家顶礼膜拜。其实，由于他们在各个领域难以超越的卓越表现，无论如何称呼，已经自然成为泰山北斗了。

三曰集群性。人才荟萃，俊彦云集，人才的出现和成长，中原尤其蔚成大观。春秋战国诸子百家会聚中原，汉魏晋唐以至于宋代群星闪耀。汉代的儒学大家商丘人戴德、戴圣，偃师人杜子春，开封人郑兴、郑众，荥阳人服虔，郾城人许慎，杞县人蔡邕，都对儒学发展做出重要贡献。三国魏晋的建安七子、竹林七贤，是文学史上影响深远的文学家乃至思想家群体。魏晋时期，南阳人何晏，焦作人王弼、向秀，尉氏人阮籍，洛阳人郭象，形成了中原玄学思想的中心。唐代的诗歌，除杜甫、白居易、刘禹锡、李贺、李商隐外，著名诗人中河南籍占三分之一还多。

四曰持续性。代有才人，代代赓续，是中原人才的一大特点。仓颉造字作书，李斯作小篆，许慎作《说文解字》，蔡邕作三体石经，钟繇作楷书，孙过庭以草书撰《书谱》，汉字和书法的统一、规范和发展，河南人居功至伟。北宋洛阳人程颐、程颢及门下弟子，辉县人邵雍，创建理学又称洛学；元代沁阳人许衡，明代兰考人王廷相，新郑人高拱，宁陵人吕坤，辉县百泉孙奇逢，与之一脉相承而有新变，中原成为理学之源。古代天文学由东汉张衡，到唐代僧一行，到元代登封观星台，一以贯之而至巅峰。

悠久的历史中，不同领域、各式各样的优秀人物，在中原难以胜数。北宋时生于河南且一生活动于河南的司马光，在河南完成了史学巨著《资治通鉴》；新郑人李诫写出了我国第一部完整的建筑学著作《营造法式》；元代开封人钟嗣成所著《录鬼簿》，开创了戏曲目录学先河；清代固始人吴其睿的植物学著作，为中国现代生物学奠基。

近代以来，在多灾多难之中，中原仍然产生了许多有影响的人物。项城人袁世凯最终做了帝制终结的殉葬品，但他在历史的大变动中曾经以自己的作为影响了历史。确山人杨靖宇、镇平人彭雪枫以烈士的光辉再现中原英气。南阳人冯友兰、开封人白寿彝、南阳人姚雪垠以哲学、史学、文学大著彰显中原人文的厚重。

中原何以产生如此众多的人物，古人早就注意到了。《战国策·赵策》有这样的分析：“中国（指中原）者，聪明睿智之所居也，万物财用之所聚也，贤圣之所教也，仁义之所施也，诗书礼乐之所用也，异敏技艺之所试也，远方之所观赴也，蛮夷之所义行也。”

我们的先人不辜负得天独厚的优势，以他们骄人的创造给其时代和后人做了丰厚的回报。后人以先人为骄傲，后人更应当学习先人，超过先人。中原的传统优势至今仍在，又逢改革开放的新的时代条件，应当具有更大的兼容性，产生更大的爆发力。如长江黄河后浪推前浪一样，中原必将涌现更多新的人物，创造新的辉煌。

2009年春于河南省文学院

娘

我这是第二次来新县访问许世友故居了。

两次来这里，都有一个强烈的感受，使我必得记下许世友将军的一种情感经历才能心安。

这是 20 世纪 50 年代，共和国上将许世友回到阔别了 20 年的家乡新县。当时的农村通信设施很差，许世友又不让县里通知家人，带着警卫员径直奔向离县城几十公里的山村许家洼。

不巧的是，许世友到了家，只见房门上挂着锁。

“我娘呢？”他急切地问。

“可能上山打柴了。”邻居回答着，就要去山上叫许妈妈。

“我去！”许世友已经看好了家门前通向后山的那条小路。那一定就是母亲常常上山打柴的路。

许世友飞快地沿着曲折的山路向山上走去。不远处就看见一位老人正背着一捆松枝往这边走来。那正是许妈妈。

妈妈看见迎面走来一长一少两个军人，就停下了脚步。老人家一眼看出了走在前面的是自己的儿子，轻喊了一声:“友伢子！”

许世友一听到母亲的呼唤，就向前抢了一大步，深情地喊了一声：“娘！”顿时热泪模糊了双眼，双膝不知不觉地跪了下来。

望着慈祥清瘦的母亲，将军心里既温暖，又酸楚。他永远记得，在他投身革命以后，为了支撑这个家，母亲经历了千辛万苦。因为他当了共产党员的原因，发妻和幼子无法存活，母亲为了保护他们能够活下来费尽了心思。特别是老人家吃长斋（终生不吃荤腥）为战火中的儿子祈祷平安。

跪在母亲膝下的许将军，起来以后看见母亲身上还背着柴火捆，就招呼警卫员背上。但这时母亲却向将军发出了指令："伢子你背。人家是客人！"将军嘿嘿一笑，听从母亲的吩咐，背起了柴火捆，拥着母亲回到了家里。

老家和普通的农家没有两样，并没有因为他是将军而富裕起来。仍然是他多年前离家时的几间破旧的泥瓦屋，他熟悉的纺线车、织布机、农具。墙壁上打的一个洞还在，那是他最后离家时被敌人包围，为了突围他临时挥动拳脚打下的。

将军感到无比亲切，家中到处都有母亲的气息，到处都留有自己生命的记忆。

县里领导请将军住到县委招待所，将军毫不犹豫地拒绝了。将军早已打定主意：回到家里，只能和母亲住在一起。虽然按照规定，警卫员需要在家周围站岗，但将军仍然像过去在家种田时一样，一边坐在灶前撅着松枝烧锅，一边和正擀面条的母亲聊天。夜里，就住在自己原来住过的简陋的床上，用的是家里普通的被褥。

我在将军故居，听到许家洼的乡亲们中间流传的这些故事细节，常常止不住热泪盈眶。我遗憾自己不是画家、雕塑家，不能把共和国上将回家拜母在许家洼好汉山上的情景，画一幅珍贵的图画，塑一尊永远的雕塑。我只能用我粗朴的文字记下这神圣的瞬间。

是的，我的文字太粗朴了！我无法记下久别重逢时，这对伟大的母子丰富无比的内心世界，我无法记下住在老家的夜晚，将军心中想些什么。只有一点我想可以猜定：如何报答母亲的恩情。

将军回城以后，把老娘接到了城里。但是，老娘在城里过不惯，坚持回老家自食其力独自生活。将军只好尊重母亲的意愿，送老娘回家终老乡里。

我相信，将军一定苦苦地劝说过老娘留在城里颐养天年。结果可想而知。因为质朴、刚毅的将军，清楚母子在性格上的相似之处。一旦有了主意，不会轻易改变，劝说很难有效。将军心里是熟悉的。

这成了将军的一个问题。母亲不在身边，无法侍奉母亲。而这是将军心中的大事。他不管别人怎么说，将军终生恪守着这样一个人生信条：为革命尽忠，为母亲尽孝。革命胜利后，报答母亲的恩情于万一，以补偿心中的歉疚，这是将军的一个情结。因为母亲的进城又回乡，这个情结更加难解甚至是无法解了。母亲的恩情无法直接报答，越来越成为许世友心灵深处的疼痛。

许世友是革命时代少有的经过千锤百炼而仍然保持独特个性的人。他一定要按照自己的意愿和方式为母尽孝。为此在许世友身上发生了许多不同寻常的故事。

早在 20 世纪 50 年代，中国共产党中央委员会采取个人签名的方式议决个人遗体实行火化。许世友作为中央委员，向党中央公开申明，他死后要葬在母亲身边，为母尽孝。

他亲自将家乡好汉山上父母墓地的左下方，选为自己的墓地。

意味着在天之灵能够依偎在母亲的怀中膝下。

在他生命的最后日子，他郑重地向中央提出的唯一请求就是身后土葬魂归故里陪伴母亲。

他的这个愿望终于实现了。只是后人觉得他所选择的墓地太过狭窄，稍稍做了一点移动，为的是让将军长眠在父母的身边，有更宽敞一点的安息之地。

许世友的墓地现在已经成了胜地甚至圣地。

人们来到这里，是为了纪念一位英雄。一位 20 世纪中国的传奇式英雄。少林武功的高手，革命的战神，传说意义上的当代尊神。将军的精神必定永生，永远护佑国家和苍生。

人们来到这里，也是为了景仰一位孝子。共和国上将对母亲的深情，足以感天动地。大忠至孝，彰显了人性的丰富和贵重，伟大人格必定彪炳千秋。

2004 年秋于河南省文学院

两 个 菊 展

秋末，我在南京玄武湖公园看了一次菊展。

菊花，当然早就见过不少。菊展，也逛过不止一次。但这次看玄武湖的菊展，我似乎不只是看到了千姿百态的菊花，而且看到了南京的园林、盆景、书画艺术、园林工人的水平，以至于南京人的文化、性格和精神风貌。

带着太多的放不下的印象和感受回到郑州。我向家人称道南京的美，总是要特别提到玄武湖的菊展。事有凑巧，郑州也在公园里搞菊展。孩子们大概是受了我的“宣传”的感染，一定要我带他们看一次郑州的菊展。有个孩子甚至“激”我说：“不要去了趟南京，就把家乡看不上了，郑州的菊展说不定比南京的还好呢？”

我和孩子们一起去看了一次。

谁知不看则已，一看，我的思绪倒真被触动了。

郑州的菊展场面之大远胜于南京。展览场地设在一个碧波粼粼的游泳池周围一片宽阔的空地上。除集中了全市各个公园的“精英”以外，大量的是标明为各机关、工厂的盆景。这可能又得力于我们这里善于搞群众运动的优势，说不定又是对各单位进行了一次摊派。这些“群众性”培育的菊花，数量很是可观。园林专家们培育的名贵品种都放在一个大房间里，品种不少，摆法也有变化：盆景、山水、字画，形形色色都有。我耳边也时不时听到赞叹声。

但是，我的情绪不怎么好，心中没有在南京看菊展时的那种悠然、陶然的愉快。

我胸间被菊花塞满了。

我感到展放菊花的房子太窄小了，菊花叠床架屋地垛起来，美因重复反而被削弱以至破坏了。

看菊展回来的路上，我的思绪一再回到玄武湖畔，脑海里一再映现出南京菊展的画面。

参观那个菊展，像是读一首情景交融的诗，像是在泉水叮咚、山林幽静的草丛花间漫步。一切都是人工安排的，却使人感到天造地设般的自然。

进了菊展馆的大门，先要走一段回廊曲径。廊径两旁的盆景，花枝招展，像在曼舞，又像在拊掌。

接着就见一泓清池，一条昂首翘尾的人造游龙嬉戏于碧波之中。游龙的周身披着柔软而茂盛的悬崖菊，青枝绿叶上面缀满星星点点的白花，极似龙鳞闪耀。

这不分明是一个愉快热烈的欢迎场面吗?

赏花客在一边观赏，一边慨叹中，来到了菊展馆各分展室。

展室都不大，但设计别致。

六七个小巧的房间，式样各异，每室题额分别为艺菊，幽境，妙香，幽香，雅菊。各室的铺排设计不见雷同，尤其是菊花安置的背景、环境，真是情景交融，匠心独运。

一片旷野，有一假山，山上有亭翼然，山下一弯流水，一座小桥跨其上，连着一条长满青苔的曲径，一株枫树喷烟吐霞，显然秋色正深。只见满山遍野，菊花摇曳，菊影婆娑，枫红菊艳，观者跟着走进山野菊丛。

东篱竹影之旁，天堑晚霞之中，巉岩峭壁之上，孤峰独秀之巅，两峰相望之间，枯木根部，海螺壳内，丛丛菊花披金挂银而摇，含情带意而立，品种名贵，幽香袭人。

这是作为重头戏的各式盆景的展馆所见。

说起名儿，也起得传神。

据园林工人讲，南京有著名菊种三百余种，名字各地不统一，多是自己起，这就要用心思了。我在洛阳看牡丹时，曾经听园林工人说过起名儿的难处和雅趣。那天省委书记在看花，刚好看见我也在看花，他就提出要园艺家、园林工人和文艺家们一起来给牡丹起名。

这玄武湖公园菊花的名儿不知怎么起的，竟这样妙！

那妩媚的：贵妃出浴，西厢夜雨，玉孩儿，西子舞；

那高雅的：帘卷西风，玉兰春晓，凤凰振羽，古佛莲台；

那富贵的：国色天姿，金丝万卷，金寿眉，金珊珊；

那飘逸的：闲云野鹤，鹤发童颜，夕阳古寺，黄鹤楼；

那雄壮的：狮吼，虎啸，关东大侠，惯战西风……

即使不曾亲眼看见，只要一听名字，也由不得让人想起一幅画，袭出一缕幽香来啊。

这等色、香、名，再配上壁上的字画，就更其雅致了。

展室壁上的字画并不多，但妙在书题画意与室内景物相互生发，相映生辉；又能启发观众，使赏花客触景生情，因情得趣，陡生“一堂得佳趣，满堂喜生春”的感叹。

园林艺术家们一定认真琢磨透了赏花客的心理，在菊展室里，他们极力避免重复堆砌，一个品种只有一盆。他们大概料到，人们看后一定还想“复习”回味一番，好，他们满足人们的要求，从菊展室出来，闪过几壁假山石后，游客又看见一片竹木搭成的长长的敞棚，里面摆着百千盆盛开的各样菊花，赏花客在离开前受到一次观赏的高潮式冲击。

敞棚也有名，题曰“菊海”。

即使这片菊花的海洋也不是胡乱摆放在那里的。

一片山菊花中，必有名贵的品种在中间摇曳；一丛白菊旁边，必有御冠黄、大红袍、红太阳等相映衬；在一片菊海中，又有两株老枫树和一株虬枝苍松，一丛冉冉芭蕉。

出了菊棚，游客还要漫步曲径，跨过一步小桥，最后看一眼桥下水中的竹影、树影、人影、菊影，几乎是迷迷醉醉离去，留下无穷余味。

两地看菊展，我有这样一个感觉：我在南京看到的是艺术，或如陈毅同志所说是“高等艺术”；而在郑州更多地看到的是菊花。

郑州菊展上，并不是没有名贵品种，数量也不算少，展览的布置也费了心思和汗水，但是，缺乏的是艺术的匠心。有点像朴实厚道的中原农民待客，有好菜只管往上端，大鱼肥肉，使人感到“满而腻”。菊花本身确是艺术品，但如把这种艺术品堆砌起来组成一个展览会，反而减少了艺术的魅力。

我这想法是不是有点崇“洋”媚“外”，去了趟南京就看不起郑州了呢?

我扪心自问,不是。但是,有一点却得承认,这点看法的产生,确与我离开了郑州,去了一趟南京有关。

若不是到玄武湖公园看了那通菊展,说不定我也会像往年一样,对郑州的菊展大声叫好。见识,见识,有见才有识,道理不正在这里嘛!

我在南京时听说,在这同时,上海正举行全国性的菊展,那里有盆菊十万,分十个展区。如果到上海一看,也许又发现玄武湖公园菊展的这不足那不足了。

1987 年 9 月于南京—郑州

文化的密码

据说，国际联盟曾以“大象”为题，悬赏征文。于是，英国人拟定的题目是《英国治下非洲的猎象事业》，法国人作的是《象的恋爱论》，意大利人哼着《象啊，象啊》的诗句，德国人提笔写就了《关于象之研究》序言，而波兰人写了一篇论文，题为《波兰的主权与象之关系》。

这不过是一则趣谈，或者确有其事，或者纯属乌有，但它却表明不同的国家和民族有着截然不同的生活方式、思维方式、价值尺度、审美情趣和心理素质。

这里藏着文化的密码。

如果留心，这种例子俯拾即是。

一次，上海、浙江和河南三省（市）的作家同游奉化溪口，参观之余，为热情的卖主所缠，许多人都买了一支搔痒竹耙。一尺多长的竹片，前端有仿人手五指而握成的爪形。我也买了一支。

休息时我拿出它来把玩。峻青同志突然问：“这玩意儿你们河南叫什么？”

“‘老头乐’，或者叫‘老人乐’。”我说，“还有一个名字叫‘如意’。”

诗人王绶青的老家在豫北，他说：“我老家胶东管它叫‘孝顺’，子女买来孝敬老人的。”

“杭州人的叫法，你们大概不知道吧？”浙江作家郑秉谦提问了一句，接着就回答：“叫‘美人爪’。好听吧！”

“好！”作家们几乎异口同声地喊了起来。

“这就是文化！”大家七嘴八舌地议论一番。同是一个搔痒耙，在孔孟的家乡山东叫“孝顺”，在古老的中原称“如意”，而在柔美的江南唤作“美人爪”。称谓之中可以直观到不同地区的不同文化背景。

但是，出乎意料的是，当我查了《辞源》，发现倒是“美人爪”这一名称更接近古人本意。

《太平广记》记载有麻姑爪的故事。说东汉桓帝时，仙人王方平降于蔡经家，召麻姑至。麻姑正当十八九岁的年纪，长得很美。蔡经特别注意到她的手指纤细似鸟爪，暗自想象：“背大痒时，得此爪以爬背，当佳。”

后来，苏轼在赠一位道人的诗中说：“道成若见王方平，背痒莫念麻姑爪！”

从此，搔痒耙得了这样一个香艳雅洁而又神奇的名称：“美人爪”。

“美人爪”显然是麻姑爪的泛称。

正是从不同的文化视角和文化眼光出发，给了同一件平凡的物品多种名号，同样这些名号中也就积淀了蕴藏了丰富多样的文化。

对一个物品名号的阐释，有时简直就是对一种文化密码的破译。这里甚至藏着一个民族的奥秘。

1987 年 10 月

红薯的身价

豫东有一句俗话：“狗肉上不了席面。”我对此常感费解。这样好吃的东西为何遭人冷遇，问诸乡贤长者，都说不大清楚。针对这一旧俗，我有一次发牢骚：“真正难上席面的，怕该是红薯。”

我说这话是积几十年之“经验”的。

我的老家豫东的穷苦，只要引一句广为流传的顺口溜就知道了：“红薯汤，红薯馍，离了红薯不能活。”远的不说，从 20 世纪初以至前几年，大抵是这样。每年从阴历九月以后，一天三餐离不了红薯，直到第二年吃上新麦，红薯在半年多的时间里充当主食。那真是吃得人们鼻子眼里都是红薯，叫人烦透了。

因为有这痛苦的经验，前些年河南文坛议论自己的群体风格追求时，有人仿照山药蛋派提出创立红薯派，我就坚决不愿附和。红薯，它太粗陋，太俗了！我实在想象不出它怎样能长出艺术，长出美来？我但愿此生再也不要吃到这种常常令人胃酸、厌腻的食物。

但近来我发现这想法太偏激了。我在开封的宴会上吃了一道名菜：红薯泥。我第一次吃它前，心里先嘀咕一番：不论怎么调制，终究是红薯。但一尝之后，却留不住嘴，巴不得大吃一通。

也的确是妙：那颜色，是理想的引逗食欲的姜黄或紫红，闪着自然的光泽；那形，如蛋羹，若静若动；一进口，就有人喊“甜香”，有人则呼“香甜”，口感极好，醇厚而爽快。有人说它的俗名叫“三不粘”。我时而听到食客的啧咂之声，看到和感到一种奇异的兴奋。“这是红薯做的？”每次都有人问。“是的，完全是红薯做的。”有了第一次经验，我再去开封，总盼着再吃到“红薯泥”。

最普通最便宜的红薯一下子身价大增，这其中颇有意趣。

要是几年以前锅里碗里都是红薯的时候，断不会拿它上席面。看来，审美感觉和人的肚子有关。当红薯作为主食，人们只是拿它来填饱肚子的时候，实用和功能吞掉了它的美。

现在吃饱了饭，它作为品尝对象了，食客从眼到舌再到胃，感觉它超越了实用，变成了审美。于是，红薯在粗朴中生长出清雅来，在平凡中生长出奇异来，在熟悉中生长出陌生来。吃红薯泥好像在吃一种美，吃一种艺术。食品和食客都今非昔比了。

要是这样，我为什么反对红薯呢？

不过，我略去了红薯泥的制作过程。据说，做此道“菜”的都是高手，中餐高手也通西餐，否则做不来。我在别处也碰上过不少宴会，始终未遇见它。可见，由红薯到红薯泥，中间有一个不简单的文化过程。没有这功夫，还是“该死的”红薯。

还有一层。红薯泥再好，也只应是宴会上的一道菜。要是满桌全是红薯所做，那一定要倒胃口，要掉价了。因为红薯不同于鱼、鸡，也不同于白面，不宜做全鱼、百鸡、全素席面。红薯的价值因时因人而不同，但不会被无限放大。

1988 年 2 月

为“草菅树命”者量刑

多年前我曾慨叹，我们的国家很古老，而树很年轻。

我无数次行走在华北大平原上，年年听到植树造林的热烈呼声和巨大成绩报道，但是，令人纳闷的是，年年见到的只是成行成片的新树林，年龄在几岁十几岁，一二十岁的上点年岁的树已经不多见。

新中国都成立 60 多年了，哪里能够找到树龄和新中国年龄相接近的大树？在古老的中原城市和乡村，你想见到与它的历史相当的大树，比别的地方更加不容易，更别说古树成林，原始森林就连想也甭想了。

旅游宣传上所说名山上的原始森林，大多十分可疑，至多也就是 1958 年劫后余生留下的当代林木。我有一次兴致勃勃地去考察嵩山的原始森林，走了几个小时，到的还是 1958 年成立的林场，却只有在山势陡峭的地方留下的一些稍微古老的树。

而在国外走动，无论乡村还是城市，特别动人的风景就是受到良好保护的大树古树。成片的古色古香的树林，就和城市比邻，蓊蓊郁郁地长着，站在那儿兴致勃勃地看着人类活动。

在城市人口数量第一的纽约的中心，在伦敦白金汉宫旁边，参天古树，荫庇着各种境遇下的人们。树的生存权甚至树的尊严，得到人类社会的法律认可和道德认同。

但是，我们的大树古树哪里去了呢？长期的反复的战乱，统治阶级的奢侈，普遍的贫穷，成为过去树木生长的天敌。但是，在这些天敌消失了以后，当代或者当下，树木有没有新的天敌呢？回答是，生态意识的无意识是最可怕的杀手。

所谓生态意识的无意识就是不知道树木的价值。关于一棵树的价值，印度加尔各答农业大学达斯教授曾经做过专门估算：

一棵长了 50 年的大树，按每年平均释放 1 吨氧气计算，所产生的价值为 3.13 万美元，同期吸收二氧化碳，减轻空气污染，价值 6.25 万美元，涵养水源，防止水土流失，增加土壤肥力，价值 6.87 万美元，为禽类提供栖息、筑巢和遮风挡雨的场所，促进生物多样性方面，价值 3.125 万美元，创造动物蛋白价值 2500 美元。

这几项加起来，达 19.625 万美元。换算成人民币为 160 万元左右。

还不包括大树每年开花结果产生的价值，也没有包含它调节气候、美化环境的价值，更没有计算大树活到 50 年以上甚至比 100 年更长时间的价值。

一棵 50 年的阔叶林每天约呼出氧气 40 千克，可供 30 人呼吸；每天吸入 33 千克二氧化碳，等于 100 人呼出的废气；每天可降低噪音 15~60 分贝，一昼夜可排出 1 千克菌素；一个月可吸收有毒气体 2 千克；一年吸附、清除灰尘 11—13 吨；夏天，一天可蒸发 3 吨水。

所谓生态意识的无意识，就是不知道我们身边对自己生命攸关的东西是什么，不知道正在发生的异常是什么原因。在中国，在全世界，如果有一件事同每个人有关，同时影响着每个人的生存，那就是环境资源和气候变化。而我们许多人却长时间“浑然不觉”。这种事儿的严重性是怎样估计都不过分的。

比如暴雨频发警示了什么。原来城市的“热岛效应”是罪魁祸首。而城市内的有效植被不断减少，人口大量增加，是重要原因。据测算，柏油马路的升温速率是每小时 4.9 摄氏度，而草地为 1.9 摄氏度，大树为 0.5 摄氏度。因而，城市温度通常比郊区高 2—3 摄氏度。

怎么办？我们人类必须与自然和谐相处，而首先我们要尊重自然，感恩自然。所以，我才有一个为“草菅树命”者量刑的想法和提议。

不要说为了人类，就是为了你自己，你就必须植树，保护树，让他们长得好，你才活得好。你随意慢待它们，随意戕害它们，也就等于自己不要好过。量刑如何量？依科学家的计算，随意伐掉一棵树，一棵大树，一棵古树，那罪过大了去了！而你能主动植树一棵十棵一百棵，并且保护它健康成长，同样，这个善事也就做大了，自然就会也应该给你增福！

在社会学、法学层面上毁树上刑，现在还做不到。但在心理上应当尽早做到。意识到了，不去毁树，而去植树护树。做到了立马就增福了。

2015 年 6 月改定

读《皇天后土》

周同宾以8年时间所得99篇文章组成“99个农民说人生”的系列散文，题名为《皇天后土》。出版后，为读者所喜欢，为文坛所重，荣膺首届鲁迅文学奖散文单项奖。

我读着它，感到有一股很劲道的风，从豫西南的南阳盆地，向散文界吹来。

这是来自乡野的风，来自皇天后土的风。

他以99位不同年龄、不同性别、不同经历、不同性格的农民为采集“标本”，经过“切片”式地解剖，多样而又集中地展示了20世纪80年代末90年代上半叶，中国内地农民的生存状态和心理状态。这是一个很高的立意，也是一个很高的目标。

这个“立意”和“目标”的根本要求不能不说是：真实。周同宾在这部著作中独标一个“真”字：真实、真诚、真切。可以说，他在相当程度上实现了自己的追求。

求真，好像是属于ABC，不言而喻的东西。实际上，它可能是文学的很高甚至是最高的目标。率真和本真，是极其可贵、极其难得的。散文易写而难工。泛而言之，人人都能写散文，实话实说不就是文章了吗？但是，散文要写好又真难。长于写实的散文，比起小说戏剧等其他样式来，它却难臻真境。尤其是，体制短小的散文要写得成大气候就更难。

新时期的散文，主调是“变法”“维新”。目标就是祛除长期形成的“矫饰”风气和单调的模式，通过多样性的探索和试验，走向更加自由的空间，达到对生活与艺术本真的把握。大家一直在朝着这个方向实现突破，从思想内容到文体和语言。周同宾也是。

但同宾没有走“改头换面”和“脱胎换骨”的路子。既没有变得“洋里洋气”，也没有变得“古色古香”。他重新回到根基上来：他自己的根基、生命的根基、文学的根基。这就是他的农民兄弟姐妹，这为“皇天后土”所造就的社会脊梁，为变革时代所烙印的人群。

这本书不再是“代”农民立言，“为”农民写传记，以文人的眼光和口气来记述和抒发对农民的感觉。而是“请”农民说话，而且是地道的“口述实录体”。就是让表现对象成为叙述主体，以“原初叙述”直接诉诸读者。普通农民叙叙家常，诉诉肺腑，皆成鲜活文章。

《皇天后土》不再是单面的颂歌，抑或俯视式地批判或者暴露，而是“囫囵个儿”的真实。每篇只是一个农民的“一席话”，虽然“涉及”一生，但只是，也只能是某些“片段”，某些“侧面”。话不在长短，要害是掏心窝子的真心话。所谓真话，不仅有光明，也有阴影；不仅有甜，有酸，有笑，有喜，有歌，也有辣，有苦，有哭，有怒，有骂。即使叫作美，或如作者所说，也包括“斑斓驳杂的美，光怪陆离的美，粗野卑俗的美，苦甜酸辣香臭腥臊的美”。多彩多姿，还要多滋多味。虽然每一篇是“小”真实，“个别”真实，“单薄”的真实，但合在一起，形成一种“大气象”，成为中国农村和农民的“大真实”。

在这些自然质朴率真风趣，而又充满经验智慧的农民话语中，你能够真切地看到历史的沉积，听到时代的喧嚷，辨认出民族的特征和人类情欲的许多“本真”，领悟到许多独特的人生哲理。诗意和美妙就藏在这种“自然”“真切”之中。

集腋成裘，积小成大。周同宾以农民口中、心中的“悠悠岁月”“茫茫大地”“芸芸众生”，构成乡村农民的“小百科”。《皇天后土》因此而成为散文创作的大景观。说一句玩笑话，他将因此而成为散文上的大弄家。

“每个农民都是一篇鲜活文章，甚至都是一部厚重的书。”周同宾这个思想好像有些“传统”，或许有些诗意化的成分，但是，它却是从整体上、本质上对表现对象的把握。或者换言之，这是文学家的感觉和目光。

农民确也有许多落后的，虚假的，客套的，啰啰唆唆的，不着边际的，心口不一的，词不达意的表现和表达。并非任谁口中都会流出作家需要的现成文章。我相信，周同宾也许比别人更深刻地觉察到这一些。

但是，他同样深刻地认识到，正是在这些中间，保存和沉淀着历史的、社会的、人的最基本、最稳定的一些东西，要加以表现，并不需要着意进行“包装”和“篡改”，关键在于作家的“选择”。难处正在这里。

正是赖于作家的“选择”和“作”，99 位农民“心对口口对心”的“口述实录”，才使我们感到，它不仅如一道为时下城里人十分感兴趣的营养丰富的新鲜“野菜”，或者如日本人所说是最具抗癌功能的食品——红薯，或者如城里人所渴盼的较少污染的自然风光，同时，它也给周同宾的散文带来坚实、厚重、新鲜，生气，以及时而可见的雄奇，实现了他在散文的内容、思想、叙述方式上的某种创造性的满足。

从乡村故土借来的这样一股令人惬意的野风，还是一股富有力量的雄风。这其中的启示意义，恐怕不只是有益于散文创作。

1998 年 2 月 26 日

读《一条消失的河流源头》

这是一篇山川名胜的游记文字。你可以跟着作者一起，游历王屋山下济源县（今济源市）的济渎庙，抚摸古老巨大的汉柏，踏勘占地百余亩的庞大古建筑群“济渎神寝宫”，站在“灵渊阁”上观看“小北海”中的游鱼，来到济水东源头的“水泉寨”和济水西源头的“龙潭”。这一番济源游，不能说是毫无意趣的吧。

但是，作为风景，作家笔下的这一切，实在没有多少悦目赏心之处，胜在其名而不在其景，未免让人乏味。

然而，作为一篇访古觅踪的史志文字呢？比起眼前的景致，古代的济水之源就瑰丽迷人得多了。作者以他的渊博知识说古追根，把读者带到一个认识历史的新境界。

在眼前邋遢衰颓的外表后面，济河竟然曾经有过如此辉煌的过去！

从人文方面叙说，真的如文中所说“一串泉水如一串闪光的故事，悄悄诉说着许多古老的史实和神话”。中国第一流的大文豪司马迁、李白、白居易，曾在此留下察访的足迹和放歌长吟的诗篇，传说中玉帝曾派使者令济渎神行雨，史传记载皇家及王公大臣们曾在此投下金链玉玺，这一切有古柏、宫府、石碑、诗文作证。

再从地理历史方面叙说，它曾是和“五岳”齐名的“江淮河济”四渎之一，曾是一条独流入海的大河，著名的大城市济南和济宁、济阳因有它而得名，济源的水泉寨曾有九十七名泉，而著名的泉城济南也只有七十二名泉。

这是即使生长在济源的人，很多也是不了解的。

知识的金线织出了散文的锦缎。

但是，这篇散文却不只是一般的游记或者访古觅踪之作。我揣度，激发作者写作这篇文章的主要契机，是一种感悟和激愤：一条历史上曾经有名的大河，由盛而衰的命运感动了作者。

济河兴旺过，但却老了，死了，消失了，河道被黄河吞没了。唯其今天已经湮灭，所以格外引起作者对它昔日兴旺的“遥想”。失去了的济河在遥想中化作美的图画，美的象征。

作者的才情神思找到了驰骋的空间。

在古柏“两千多年的年轮里，也许还收藏着司马迁的足音”；在朦胧的月夜中，古柏也许梦中还闪现出唐代大诗人们在清流中泛舟，倚在树干畔歌吟的情景；济水从泉城北面流过直奔大海的时候，也许“水珠中飞溅着一串串王屋山老愚公和道家求仙的故事，并把济源县‘万泉寨’的问候，带到趵突泉和大明湖”。

这感悟和发现，激发了作者的想象，刺激了作者的心。在古与今的对比中，他产生了难以排遣的哀愁，甚至酝酿出一种难以抑制的愤怒。

作者的这个思路刚好造成了文章的结构特点。阎豫昌是治散文的老手，深知情思的放与收的辩证法。他敢于大胆放纵思路，渲染感情，罗织知识，把文章组织得丰赡而跌宕。他站在济河的源头上尽情“遥想”。他用一种诗歌的章法组织文章，“我站在一条消失了河流的源头上”同一句话在文章重复出现五次，把文章划为明显的四段式如诗的四章。写出济河往昔的繁荣与消失，济源由清澄到受污染，作者的情绪也随着叙述描写渐渐变得沉重和强烈，由淡淡的哀愁到激愤的呼吁。

这篇文章超越了那种浮泛的赞美风景的游记俗套，注入了作者的思想、性情，为美文增加了思想的力量。

文章不加掩饰地写出了济源“不美”的另一面，当前被忽视、被污染、被破坏的景象：在“灵渊阁”下的“小北海”，洗衣妇将肥皂泡涮进潭水，枯枝败叶和碎纸屑在潭中漂游，“龙潭”成了皮革个体户和纸厂的洗碱池，有关部门却无人过问。

美被亵渎了，自然被破坏了，历史不被人理解了。此情此景酿成了作者愤怒的责问：济河的河道被黄河吞没了，济水消失了，但是“黄河并没吞没济水之源；济渎依然存在，泉水照旧涌出，为什么河南省分县地图册上都不再标济渎了呢？为什么济渎清源刚刚涌出地心，就变成一潭恶臭污水了呢？”作者在这里发出了一个警告：济渎有可能湮灭于今人之手！作者在这里大声疾呼：保护济渎进而保护整个自然环境。

读到这里，我可以感到作者驾驭文章的能力，唯有其前边的笔墨放纵，才有文章的丰富和开阔。但他同时又善于控制，不使散漫不可收拾。他站在源头上放纵又不离源头，把思路收敛于源头，把视点落在源头上，唯其如此，才凝聚有力。这篇文章一个很有力度的“豹尾”就是这样来的。

散文应当是美文，应当描画美景，写美人美事，但散文不应当成仅供赏玩的小摆设，仅唱顺耳好听的歌。散文要敢于写出生活和自然的真面目，保护美却不掩饰丑。散文作家要有知识，更要有见地，有性情。《一条消失的河流源头》在这些角度上都有值得借鉴的地方。

1987 年 9 月

读写家乡的三卷书

作家陈玉岭把他关于家乡永城的三卷本著作《文化永城》《魅力永城》《风情永城》，送我先读，并嘱为序。因为眼疾，我读得很慢，但读得很愉快。玉岭花费四年时间呕心沥血独立完成的这部著作，可以说是独辟蹊径之作，引发了我多方面的思考。

一是当代人的乡土意识问题。

对于家乡，我们许多人通常怀有颇为丰富而复杂的感觉。

在长期的偏于封闭的农业经济时代，大多数人一生固守乡里，差不多县域就是天下。古老稳定的乡土，塑造特点鲜明而又不无相似的地域心理结构和群体性格。

对于见多识广的现代人，情况有了大的变化。一方面，古老的乡土意识逐步淡化甚至消解，外地求职、进城打工然后做城里人，蔚成趋势；另一方面，离家别乡而引起的乡情乡思乡愁又在心灵上交织纠缠。行走天下又重回家乡或者回望家乡，对乡土的皈依心理简直无可救药。

作为半个多世纪的游子，我充分理解这一切。我颇认同古希腊人写在神庙上的一句格言：认识你自己。我一直有一个固执的想法：文化人不能老是舍近求远，忙着对天下的认知，而对自己、对自己的亲人、对自己的家、对自己的家乡疏于了解和认识。人无论怎么现代化，都不应当“化”得找不到自己。真正的现代化，恰恰应当洞晓自身及其周围，然后对其进行改造和重建。

而从发展的意义上讲，重新认识家乡应当是一个现代课题。在发展理念成为强大的理性力量，变革变化汹涌澎湃的时代，自然而然，重新认知家乡成为发展家乡的前提，成为认识天下和推动世界的贯通性问题，也成为一个如何认识每个人自己的基础。

正因为此，它引起文化的、经济的、政治的和文学艺术各方面人士的重视。在文化上，直接相关的是地方史志的重新编写，这成为当代文化的一大景观。然而，一般来说，这类著作往往知识性强而思想性弱，重视历史而疏于当代，质胜而文不足，人们盼望读到那种融汇古今、识见超拔、文质兼善的作品。

我觉得，玉岭关于家乡永城的三卷本著作，其写作的首要动力就在于如我上面所说，源于对认知家乡的意义和价值的认识。这是现代意识的驱动。

第二，发现平凡家乡的不平凡。

所谓认知和理解家乡，是一个发现的过程。

由于长期生活在家乡，一切似乎都显得过于平常淡漠了：平原原野，五谷杂粮，几条河流，一片山头，乡风民俗，惯性生活，熟门熟路，熟悉面孔，朝朝暮暮，年年岁岁，对曾经的战乱、苦难、破坏、曲折与和平时期的劳动、建设、繁荣、发展都熟视无睹，习焉不察，看不出家乡比别的地方更精彩和出奇……

我们当然承认家乡是平凡的。但是，我们同时认为，家乡是不平凡的。换一副眼光，文化的眼光，历史的眼光，审美的眼光，就会发现，尽管家乡大地无语，但数千年兴衰更替在这里演绎，这是一片神奇的风水宝地，天底下独一无二的地方。山有故事，水有故事，平原有故事，到处有不平凡的人和故事。家乡是一部百科全书。平凡与不平凡，共同成为家乡的资源，乡人的光荣与骄傲。

问题在于发现。理解平凡与发现不平凡，就是把握家乡的特殊性、特点、个性，就是全面而非单面地认知和理解家乡。这当然不是人人都能不费力地做到，需要眼光和功夫。陈玉岭用了四年时间来做这件事情，在前人和同行所做工作的基础上，有了更系统、更扎实、更精彩的发现。

第三，独出心裁地讲说故乡。

陈玉岭要做出不同于已有的地方志类的著作，他力求做得更引人注目，更入心，让人一读难忘。为此，他调动自己的文学积累，以文学家的胸襟眼光和文学手法，统摄熔铸地域文化的材料与研究成果，做成永城历史文化的文学读本。

在文体上，他没有沿用史传或者史志体的传统体例，不按纵向历史的时间顺序，而是依照横向的问题系列，以自然、历史、地理、人文、风情等几个方面，选择 100 多个有代表性典型性的人物、事件，涵盖永城的方方面面，成为融汇古今、色彩斑斓的立体的大观集锦。

丹青难写是精神。图形写貌不易，更难的是摄魄勾魂，写出精气神来。钱基博先生曾说过，昔刘知几谓作史有三难：曰才，曰学，曰识。而余谓作史有三要：曰事，曰文，曰义。设以人体为喻：事，譬则史之躯壳耳，必敷之以文而后史有神采焉，树之以义而后史有灵魂焉。看来，玉岭与此是心领神会的。他运用文学的手法，贯穿全书的是对诗意永城的追寻，也就是对永城精气神的摄照。作者直击、走进自然风物和历史现场，把细节展开甚至放大，同时大胆融入当代人（主要是作者）的情思和识见，如作者自己所说："那些带有体温的文字，是发自内心的诘问，源于痛楚的剖析，究于命运的思考。"文字的独出心裁常常来自纤毫毕现的发现和刻骨铭心的感悟，也是作者伸向读者心灵的无量触角。

诗圣有句曰："文章千古事，甘苦寸心知。"对于写作者来说，做到上述这些是难的。作一篇或者几篇好文章不容易，能够一百篇都精彩，就难了。但陈玉岭做到了。孔子说："言之无文，行而不远。"现在我们有了一部配得上家乡永城的文采缤纷的文学读本，我作为文学同行，由衷地赞赏并且推荐，愿它长久地走进读者心中。

2015 年 4 月于官渡草堂

回故乡记

金秋8月，中国作家一行十几人在河南省永城市举行笔会，我作为一员与会，同时也是回老家。游子还乡总是离不了怀旧，但这一次我则时时被故乡的新风貌、新气象所感动，所震动，并进而振奋了。

这些年来，家乡在变，我是知道的。但是，变化幅度之大，速度之快，远远超出了我的预期甚至想象。

毋庸讳言，煤炭富了家乡永城。近年来，神火集团、永城煤电集团两家大型集团公司的消息如雷贯耳。藏量30多亿吨，作为我国六大无烟煤基地之一，能源产业给永城带来无限生机，社会经济发展大大提速。按照一般想法，这是大自然恩赐，似乎不足为奇的。但是，我这次才清楚，远非有资源就必定成功。

永煤、神火两大集团公司发展到目前这样年产1000多万吨优质无烟煤，年销售额达六七百亿元，年利润达40多亿元，使一个新兴的能源城市迅速崛起，决非轻而易举。

据我所知，历史上永城的第一口煤井从1958年开始，先后打了十几年，投入甚多产出甚微。神火集团也是不无曲折，直到20世纪90年代中期才放出光彩，公司上市，成为全国500强企业，总资产达200亿元。永煤集团现在在执全省煤炭业利税的牛耳，真正扭转严重亏损走上快速发展的阶段,也是在21世纪方才开始。正是新世纪这几年，永煤集团产值、利税等主要经济指标连续实现翻番，年销售收入达到五六百亿元，年利润达30多亿元，总资产由4亿元猛增到百多亿元，创造了“中国煤炭工业史上的一个奇迹”，在全国煤炭企业百强和全国企业500强的排名越来越靠前。两大集团公司的目标，其共同之处是建设跨地区、跨行业、跨所有制的大型能源企业集团，而永煤还向国际化进军。

一句老话确实不错，百闻不如一见。到新建成的永煤集团城郊矿采风，我十分惊奇：原来知道平原煤矿不同于矿山煤矿，但绝没有想到，矿区是一个花木扶疏的花园式单位。就是这一个矿，年产400多万吨煤，产值达9亿元，每天的产值达300多万元。对于什么是最先进的煤矿，我有了具体的领略。

穿行在新建的永城电厂，我切实感到家乡将成为豫东的“能之源”。这家按照21世纪示范电厂模式进行优化设计的新电厂，投资25亿多元，年发电量34亿多度。据说，这不是永煤集团的唯一一个发电厂，在5年内，永煤将在国内建多处大型电厂，在省内和国内拥有和控股400万千瓦以上的电力规模。那就不仅是豫东的能之源了。

我们看了正在建设的河南龙宇煤化工有限公司的工地。第一期工程投资也是25亿元，建成后将是河南省也是我国中部煤化工的老大。看到这样巨型的工业生产厂房和巨型设备矗立在我熟悉的家乡田野里，说实话，我仍然只有惊叹。

这种空旷中平添的雄伟，使我一次次产生陌生感，我的脑海里一下子实在有点容纳不下。尤其是，我无法把这些巨大的数字所具有的经济学含义消化掉。这种经济效益的巨大转换，我无法具体向读者解说清楚。我只能转述如下概念：就企业利润讲，由煤到电，是 1 变 2；由煤到煤化工，则是由 1 变 8、1 变 10。这个数字所反映的经济效益将是何等巨大！

家乡的同志喜欢讲，黑色经济富财政。这些年，以煤为龙头，煤—电、煤—电—铝、煤—化工等国家大型企业的发展，使永城市的境内财政年收入达到 20 多亿元，为国家和省市做出很大贡献。由于这些大型企业的带动，400 多家企业先后落户永城，仅只 21 世纪这几年，永城市工业产值大幅度增长，在工农业比值中已经超过农业一倍以上。在免收农业税，对农产品加工比如面粉产业实行低税收的情况下，永城市一般财政预算收入 2005 年比 2000 年翻了一番多，达到 5 亿多元，2008 年将比 2005 年再翻一番。

因为有了现代工业的支撑，一个长期靠救济的穷县，成长为一个骨骼健壮、肌肉发达、孔武有力的经济巨人，在河南东部门户坚实地站立起来。

值得注意的是，还有另一种“能源”直接间接地施惠于永城。对于一个传统的农业县来说，现代工业企业带来的是农业增产无法比拟的巨大财富，同时也是看得见摸得着的先进事物，是一所又一所大学和课堂。这是一种无法比拟的精神“能源”。经由它们，新的视野，新的思想，新的理念乃至新的文化，自然而然地对当地社会发展产生着深刻的影响。

我回到家乡，“习惯地”注意到农业的状况。这个方面，我心中留下的历史记忆太深刻，尤其是负面记忆。在我过去谈到家乡的文字中，总是习惯地称它为“穷乡僻壤”。“穷乡”的印象，一直深深地刻在我的心里。粮食亩产量长期徘徊在百斤左右，年年都归咎于自然灾害严重，年年都是靠国家救济。吃饭问题似乎永远都是头等难事。吃饱饭，不饿死人，是许多届政府的基本目标。人生是吃饭人生，朋友是吃饭朋友，财政是吃饭财政。这样的语言就是 30 年前情况的痛苦的朴素的总结。

我请永城市档案部门查了如下资料：全县的财政收入 1950 年为 130 万元，人均 3 元左右；1961 年为 407 万元，人均 6 元多；30 年前的 1978 年为 820 万元，人均 10 元左右。永城的国家级贫困县的帽子，一直到 1995 年才摘掉。囊中如此羞涩，除了吃饭，哪里还谈得到其他?

经过改革开放的这 30 年，现在再去谈论饥饿的感觉，已经有恍若隔世之感了。农业的变化，几乎是亘古未有的奇迹。同样是一亩地，现在的产量是过去的 5—10 倍。全市 134 万人口，国内生产总值人均已经超万元。同样是这块地方，现在有了这样几块牌子：国家商品粮基地、小麦良种基地、优质棉基地、山羊板皮出口基地、全国平原绿化达标县（市）、中国面粉城。

只说这最后一块牌子的经济含量。永城市的领导把这个与“黑色经济”对举，叫作“白色经济”。而且目标更明确：“白色经济富百姓”。永城的粮棉油已经跃入全国百强县（市）行列，这是从农业发展的角度来说；而从工业的角度，全市有一定规模的面粉加工企业已有 150 余家，年加工小麦 30 多亿千克，面粉生产能力居全国县（市）前列，十多种面粉产品行销沪、京等许多省市，占上海市面粉销售量的 80%，以拉长小麦面粉产业链的深加工企业正在成批产生。永城市邀请国家质量监测中心在永城市面粉工业园区设立派出机构，不仅创造面粉名牌产品，而且有望把永城面粉作为全国面粉质量的标杆。

农民正在市场经济中学会赚钱。有一种传统的说法叫作“生财有道”，这话并不过时。问题是在市场经济条件下，“道”有了现代内涵和方式。过去，卖粮食、卖石头、卖煤，一句话，卖资源换钱；这是一个最快的办法。现在人们知道，这是一个赚钱最少最笨的办法。永煤等企业的经验告诉大家，应当向机遇要效益，向开放要效益，向科技要效益，向管理要效益，向质量要效益，同时，向文化要效益。

对于资源的认识，由于眼光的变化，有了新的发现。不光土地是资源，矿藏是资源，新的文化眼光把历史文化这部大书也打开了。

过去，永城境内的芒砀山之所以对大家来说是亲切的，主要是因为可以靠山“吃”山。山里开挖出数不清的石塘，大大小小的石灰窑、水泥厂，把石头资源简单转换成钱。山体被蚕食，树木被盗伐，青山绿水变成光山秃岭，仅存的树木从干枝到每一片叶子都积攒了厚厚的石粉灰尘。风景和文物对人成为一种陌生的存在。

改革开放以后人们才发现，大自然和历史给了永城如此丰厚的恩赐：在如大海一样广阔的平原上，突兀而起的 14 个山峰连绵成数十平方公里的芒砀山区，使永城成为周边少有的有山有水的地方。特别珍贵的是，山中有孔夫子周游中原时的避雨处、刘邦斩蛇起义处、中国第一个农民起义领袖陈胜的陵墓、西汉王陵墓葬群等名胜遗迹，堪称独具特色的汉民族历史名山，厚重河南文化的重要篇章。

令我感动的是，家乡领导和人民的文化眼光，特别是干事的精神。不长的时间内，芒砀山文化风景区已经初具规模，有形文化遗存中的英气神采重放光辉，其中的文化信息释放出出人意料的能量，引起越来越广泛的关注，与永城境内另一名胜——具有世界十大战例之称的淮海战役陈官庄歼灭战烈士陵园形成古今对应，成为豫、皖、苏、鲁边界重要的旅游胜地和文化殿堂。

由此，我反思我潜意识中“穷乡僻壤”的那个“僻”字。它首先是我少年时代的感觉：我出生的村庄东边和安徽省北边的村庄相邻，如果往北往东北走，不远就到了山东和江苏的地面。它也来自中原的视角：18 岁以后我离家到开封读书，到郑州工作，由于家乡不临铁路，如果没有专车，虽然路并不远，回家也要在途中住一夜，在感觉中从河南省中部来到最东边的老家，比去一趟北京上海还费时间，够偏僻的了。

后来我自然知道，中原的边界县不是“僻壤”。永城老家正处于黄淮海大平原腹地，2000 平方公里面积，气候温和，日照充足，农、林、牧、副、渔皆宜。农耕时代，是得天独厚的“膏腴之地”；市场经济下，四省交界，四通八达，正是经济文化发展上的优势区位。

这里藏着无穷商机：无论是“黑色”经济，还是“白色”经济；无论第二产业、第一产业，抑或第三产业。家乡人看出来了，外地人也看出来了。县里同志说，仅温州在永城经商人员已近 6000 人。我请人调查了永城通往各地的汽车情况。永城汽车站共计线路 52 条，每天除了每隔 40 分钟发往省会郑州的豪华客车，还有发往全省各地各县的班车，其中跨省线路 28 条，每天都有发往京、沪和苏、浙、鲁、冀、鄂、陕、晋等省会及重要城市、工业商业发达市县，如温州、义乌、宁波的班车。发往周边安徽淮北、宿县、涡阳、亳县，江苏徐州的班车是平均半小时、40 分钟或一小时一趟。从这一角度可以看出永城开放的程度。

我想起永煤集团的一个口号：“以永煤的世界创造世界的永煤。”这其实也是全市人的心胸和眼光。永城的发展与永城的开放是互为因果的。

我注意到人们语言的变化。中央关于科学发展观的一系列新的语汇已经成为市委市政府领导、企业领导和干部员工的口头语言，而且正在根据永城的实际逐渐形成具有个性特点的理念表达。我不断被他们富有远见的思想所抓住。永煤集团的领导人提出“不做任期永煤，打造百年永煤”。永城市的领导提出，以建成生态示范市作为当前和今后永城社会经济文化发展的基本目标。如何为矿区所在地人民当前利益负责，为子孙长远利益着想，实现可持续发展，避免过去能源城市发展中贻害后代的情况，是他们思考的重心问题。为此，不仅在建的企业把控制和消除环境污染作为硬任务，同时，如何处理好 1/4 土地面积因挖煤将导致塌陷及之后的重建也提上日程，正在落到实处，见出效果。

40 多年前在家乡读中学时，我常常和同学一起玩味一个“赶风水”的故事。故事来自于我所在村庄的一个传说。说是不知某朝某代有一南蛮子颇有风水眼光，他勘察出永城东北 45 里一个村庄是一块风水宝地。一条青龙潜于地下护卫全村。村中有一座大坟，其中埋有一斗五升米那样多的“乌纱帽”，此地必定人才辈出。于是，生出一计，说服村人打了七眼水井，结果把龙脉挖断，风水被赶到南方去了。

这个故事未免荒诞。但那时人们长期面对困境，几乎想不出走出困境的办法。年复一年，没有大的起色。难道真是我们的“风水”被赶走了？

看来，这个故事的寓意未必“不经”。在中原许多地方，都有类似的“赶风水”的故事，用神秘主义来解释北宋以后中原衰落而南方兴盛的原因。比较起来，那时与现时的所有基本条件都没有大的变化，不同的是，现在，人变了，人的思想解放了，眼界宽了，眼光远了，思路不同了，政策不一样了，劲用的是地方了，一切都或迟或速地变了。原来风水并没有被赶走，风水是跟人的。

同去永城的海军作家朱秀海告别永城时留下四个字“中原之光”。我认同他的评价：现在，尤其是未来，永城这块风水宝地必将大放光芒！当然，需要更努力呀，老乡！

2005年9月于郑州一心斋

永 城 赋

豫州东门，宋梁故地，中原古邑，千年永城。倚黄淮而望海岱，邻徐亳而联四省。平原以山为贵，芒砀群峰突起，北峙生威；沃野因水而腴，浍包诸流汇聚，南环兴农。

历史悠久，人文厚重。龙山文化遗址尚在，古城九座胜迹可寻；隋堤柳绿染帆影，崇法寺悠远钟声。地灵人杰，卧虎藏龙。陈胜揭竿起义，魂归芒砀永祀；刘邦挥剑斩蛇，汉兴中国一统。宋明三娘娘功昭华夏，桓家五帝师古今传颂。崇文重教，蔚然成风。孔子游列国避雨夫子崖，传读书安邦之文脉；萧何定大典见证造律台，规依法治国之路径。三百里梁苑安在？汉王陵遗旷世瑰宝；几数番文林嘉会，古酂地降泰斗巨星。

君子仁人，层出不穷。子罕拒玉，光耀日月；练氏焚券，九州美名。廉吏化盗，陈太丘治下路不拾遗；孝友守丧，朱敬则一门三朝感动。英雄志士，史志有征。华佗研麻沸于龙岗，医术人格如神；曹操练兵马在酇亭，文韬武略称雄。抗日英雄鲁雨亭李黑楼殉国，淮海大战解放军陈官庄全胜。尤可贵者，淳朴民风：耕读传家，孝亲尽忠，行善积德，尚义重诚，地偏心宽，争先为荣。贤者力倡，百姓践行，人才所以辈出，百代因而兴盛。

斗转星移，重开征程。乘改革之大势，取天下之真经，励精图治，科学发展，芒砀凤凰，展翅飞腾。采乌金而成能源之都，创产业以兴面粉之城，高速与高铁交会，陆路和水运联通，诸业并举，诗书闻名。新村因地域文化出彩，城市同绿色园林共生，宜居宜商，生态文明。二十里日月湖，水连两城，采煤沉陷地，移来人间仙境；上百家名企业，财引八方，产业集聚区，再造明珠豫东。

永城，永远之城。永争一流，众志成城！

附记：此为一命题作文。命题者谁？家乡永城市主政者也。前数年时任永城市市长马富国约写永城、芒砀、日月湖三赋，时任永城市委书记吴梦铎重申此约，我答应先试第一篇。因眼疾故而迁延两年。以赋体为一古老大县立传，颇不易为。义丰而文短，古厚而现代，雄放而质实，丽雅而精准，我踟蹰再三。但我为文人且永城邑人，为家乡作文之志久矣，岂可推托！于是甲午秋起，抱眼疾而三来故乡，承各方之教，得江山之助，尤其陈玉岭君抵足推敲，几经反复，十数易其稿，成此小文，虽由我执笔，实乃众人之作也。

丙申年秋

谁持彩练当空舞

几年以前，比如说十年或者五年以前，谁能想到，中牟县这块地方将成为新风水宝地。尽管很多人在郑州、开封之间无数次走过，中牟是必经之地。似乎没怎么想过，两大古都之间、黄河南岸的这方夹心面包之心，将以何种面貌出现在未来的世界上。

这是我在自己心中的叩问。我是逐渐地又快速地对如上的问题有了些感觉，而且是不期然而然地觉悟的。

我一直以来有个愿望，能够重回乡村住一段时间。70 岁以后，有了机会。建业的老胡在足球基地建了几间草堂，我有幸和几位文艺界老友“集聚”于此，成为官渡镇的村民，自然也是中牟县的村民。刚来时，县委书记杨福平热情地来参加乔迁聚会，他夸张地说是中牟人民欢迎大师来到小县。我一住就是几年，有机会近距离观察和体验当代乡村的发展变化，同时有可能接触当下县乡干部的风貌。

这真是一个突变的时代。突变到日新月异，令人目不暇接。从突变这个角度来说，21 世纪的中牟县也许算得上一个典型了。

说起来，我算是和中牟县有缘。半个世纪以前的 1964 年，我还在念大学四年级，就作为四清工作队员来到此地驻村 8 个月。遥想当年的中牟实在是有点儿“那个”，说不大好听的话，寒碜人。整个一个沙窝，成天刮风，风一起就是风沙弥天。县乡之间全是土路，只有县里机关有屈指可数的自行车，在这样的路上骑车，很容易掉链子。总而言之，走路快不了。人们当时的主要关注点是肚子问题，吃饱饭问题。因为实际上相当多的人温饱问题没有解决。县城有两条“十”字交叉的街道，都很短，只有两个小饭铺，除了白菜、萝卜和大肉，想不起来还有什么菜品，主要是生产可供饱腹的主食，当然需要拿配给的定量粮票才能吃饭。我作为工作队员（实际上的公务员）在农民家里吃饭，常常只有一个菜，即一盘辣椒。我离开这里的时候，体重比现在轻30千克，而那时和现在的身高一样。

以50年的时空来做今昔比较，未免跨度太大了。但在我，却是十分自然的“闪回”。拉回到今天，重回故地，忍不住地“穿越”一下，从曾经的那个中牟，再到今天的这个中牟，变化简直难以想象！

最直观的是道路。曾经长时间承担郑州、开封主干道的陇海铁路和郑汴公路都经过中牟，公路自然是最好的路了。近年接连新出现与之平行的连霍高速、郑开大道、郑汴物流通道、郑汴轻轨、郑民高速、郑徐高铁等，以郑州为中心的“米”字形现代交通枢纽和中牟大多有直接关联，换言之，中牟是想不直接受惠都不可能。仅此一个侧面，凸显了一个事实：随着近些年郑汴融城，郑汴一体化的创意、规划与实施，随着中国中部一个大都市的崛起，中牟应了《红楼梦》上的一句诗：“好风凭借力，送我上青云。”中牟是自然而然“搭”上时代的“动车”了。

这已经成为人所共知的事实。在中牟随时可见这种“动态”

的景象：各个路面上，都是车如流水马如龙，红灯一闪，则有一大片汽车等待通过。忙碌的车轮滚动的是什么？答曰：发展的诗篇。中牟的确是遇到了亘古未遇的机会，八面来风，百业勃兴。我没有深入全面采访，只是一个客居老者的见闻：好像郑汴新城的“新”，特别在这里发力。

绿博园，是郑汴城里人的目光最早聚焦中牟的大作品。绿色，是这 3000 亩园林给大家的一个符号，也是中牟给大家的一个信号。绿色郑汴融城，中牟体现得最充分。这是中牟人建设理念的觉悟。古人讲以虚涵实，中牟在绿色上做文章，是与做水的文章同时进行的。雁鸣湖湿地不知是谁在 20 世纪八九十年代最早发现了它的风景意义和生态价值，后来成为地产、文化产业、休闲旅游、现代农业等诸业整体开发的重点区域，成就了一个在现代理念下变废为宝的范例。贾鲁河、引黄灌渠、运粮河、丁沟渠、象湖、中央公园等，树绿水靓，纵横穿插，星罗棋布，无限风光，正在由想象逐步成为现实。

绿色，是农业的天然本色。中牟是个传统的农业县，现在已经没有必要拼粮食产量了，四五年前或者更早就在谋划现代农业试验。试验区有几个大块，其中一个，是在雁鸣湖黄河湿地拿出七八千亩土地做实验。农业的变革是慢的。经过三四年的努力，现在已经初见雏形。让人点赞的是其基础设施建设，包括路、电、水、气、网络、绿化等一应俱全，规格高，完全不是传统的因陋就简的观念和思路，而是真正为现代农业试验和发展打造高端平台，创造良好条件。尽管现代农业仍然在艰难的摸索和试验中，困难很多，问题很多，但这片绿色园区成群结队的游客来来往往，让人越来越具体地感到，这块地方正在成为郑州的东花园，开封的西花园。原本朴素单调如农家闺女的中牟，正在变身为明眸皓齿、容光焕发、风姿绰约的现代靓女。

更有令人惊叹者，这些年在中牟忽然生长出来一个个文化产业，显示出这块宝地文化承载正在往高、大、上迈进。方特游乐园巨大的停车场上常常车满，远近游客蜂拥而至。迪士尼乐园正在紧锣密鼓建设中。中牟将因此成为中国中部乃至中西部游乐活动中心，华谊兄弟和建业等影视与地产名企联手正在这里打造电影小镇，国内和世界 48 家强企打造的大型文化项目将陆续落户于此，由省领导牵头的国际文化创意园区在这里开园。中牟将为世界提供文化产品，成为世界文化广场，中牟自然也将因此而走向世界。

这是在短短几年内发生的系列故事。可以想象，中牟实现了这些规划以后，将是何等令人振奋和惊叹的情景！这些大故事中的任何一个，即使放到一个市里，都是不得了的。可是一个中牟小县却要集束式地承载这些光荣。我还有意漏说经济、教育、卫生等民生方面的大项目，也在强势进入。据中牟县负责同志说，今年将有 600 亿元人民币投资在这块土地上落地。在经济增速放缓下行的大环境下，这里仍然按的是“快进键”，一派紧锣密鼓，欣欣向荣。

面对这一片风景，我想起当代伟人的诗句：谁持彩练当空舞？当然，不是一句话能回答清楚。

有一个提法叫“战略机遇期”，中牟赶上了。对中牟来说，不仅是千载难逢，而是亘古难逢。古人喜欢讲事情的成功在于天时地利人和。中牟是幸运的。当然，天时地利都不是事先设定恒定不变的。目前的天时，是既有“大上”的趋势也有“下行”的压力；既有产业转移结构调整的艰难转型，又有农业与文化产业勃兴的新浪。让人振奋的是，这看似矛盾的两端，却都给中牟的发展带来机遇。机遇的独具要素是中牟的地利。天时地利加起来是良机相乘，多了去了。但是，做成做不成，做好做不好，关键就在“人和”了。

“人和”的关键是有好的一线指挥部即县委，特别是好的一线总指挥县委书记。我见过中牟县最近几任领导，知道他们心中不仅装着全县大规划，也对具体项目参与谋划指导。其视野开阔，思想活跃，经验丰富，特别是文化素质和文化意识，显示出新一代领导者的特色。

因为我是文化人，所以见面讨论的文化多一些。杨福平同志对文化情有独钟，对诗书都有小成，住在中牟的几位老作家和艺术家有一些小聚会，他无论多忙，都想法参加。既是借机会看望大家，同时像学生一样听讲和请教，像朋友一样参加讨论。福平很注重建设项目的文化渊源，一次我问他建设“箜篌桥”的来历，福平转发我一条古籍上关于中牟曾有箜篌城的资料。他到农业示范园区办公，园区建设者有人提出现代农业示范园区“不仅要摸索建设现代农业生产方式，还要探讨和重建现代乡村生活方式”“农业园区建设要留下一个文化符号”，福平大为称赞并希望提出此一理念者把他们的园区建成“文化高地”。这显然与福平关于三农建设的思想与做法相合拍，也可能是这些想法帮助和加深了他的一些思考。

县文联主席王银铃连续组织雁鸣湖笔会，省内外包括海外作家来到中牟采风。时任县委书记的路红卫同志到场与作家们座谈，介绍和交流县域情况。我对他说，大家理解第一把手忙，你和大家见见面就行了。他说，那绝不行，大家从各地来，是请上门的老师，我要用好这样难得的学习机会。会上、会间、茶余、饭桌，都成了路书记与作家聊天学习的机会。

雁鸣湖笔会过去仅仅是文艺家到黄河湿地雁鸣湖一游，现在已经逐渐成为中牟县的文化活动品牌，县委书记换了几任，每届领导都支持。现任书记樊福太只要知道文艺家们来中牟，一定要赶去和大家见面。老樊讲话直来直去，颇具感染力。对于把中牟建成田园型都市的发展机遇和前景，这位曾经主政过工业基地上街和边疆县的经验丰富的领导同志，充满信心和激情，对可以获得三重收入以致富的农民现状，有一种掩饰不住的欣慰。

过去许多人不怎么知道的中牟县，因为雁鸣湖笔会，中牟县的新姿新貌正在广为人知。文艺家们感受到了一线总指挥们的能力、水平和风采，尤其是对文化的重视，坚定了我们对中牟乃至整个国家未来的信心。当然，这种美好的信念和预期，我和大家是一样的。

2016 年 4 月于官渡草堂

跋

故土，田园，桑梓，家国，这一些关于故乡的不同说法，负载着、联系着、沟通着民族、历史、时代、文化和人生。尤其是在历史悠久、人文深厚而从不断裂的民族，比如我们中华民族的成员那儿，更是如此。这是人类学、历史学、社会学、心理学，特别是文学艺术的巨型话题和课题。

人是从什么时候开始生长出故乡意识的?

这是一个有趣的问题。不一定能够找到人人都一样的答案。从我个人的感觉出发，大约有三种情况：

一是在离开家乡以后。中国古人早就有“游子思故乡”“月是故乡明”的诗句。离开了，有家回不去，关河阻断，空间隔离，想家思乡如同突发的急病，或者久治难逾的慢性病。

二是在年岁稍长以后。岁月如逝，时间阻隔，只能依靠“忆昔”“遥想”抚今追昔，谏往追来，朝花夕拾，重新体验曾经的美好与伤痛。怀旧、乡愁，成为中老年人常弹的精神心理琴弦。

三是在所谓地球村意识风行以后。类似于第一种空间阻隔，但主要是不同的文化较量，在碰撞、对比、选择的博弈中，重新认知或者皈依本根文化。

对于人来说，最宝贵的经验就是出生、初心、初长、初学，因此，家庭、故乡的生活经历，骨肉之情，邻里之谊，朋友之爱，往往是人的最新鲜也最长久，最柔软也最敏感的所在，是人生最丰富最具体的宝库。我是农家子弟，我的出生、初心、基础教育、早期成长都在故乡。但我很早就想跳出来看更广大的世界。大概我一离开我那个出生地的村子，到别的村镇特别是县城读书，就开始反观我那个村子。我到了外地读大学、工作，满世界跑，则进一步把“出发地”——以自己的县域为中心的故乡，当作一个社会的细胞，一个“五脏俱全”的麻雀，放在更大的时间和空间范围来审视。为此，我又常常要返回故乡。出来进去，进去出来，循环往复。同时，在这个过程中，故乡的意识包括范围也在扩大。

故乡经验，几乎天然地成为文学艺术创作的沃土，常常是创作中倏然出没的精灵。不仅仅是想念、依恋、热爱等感情上的冲动，因为历久弥新，更是理性的驱动。不只是要歌颂它，而是要了解它、理解它、发现它。不只是要看到其亘古不变的恒定，更要看到时移世易的新变。在异国他乡看到酷似故乡的前世今生以至未来，在父母和亲戚身上提前看到自己的中年老年，在孩子身上看到自己人生曾经的某些模样。因此，认识自己的家庭、家族，认识自己的村子，认识自己的县域、省域，与认识自己的国家和世界，特别是与认识自己，是如此紧密相连；前此种种是后者的感性基础和认识起点。

随着经济全球化的加速推进，地球村意识和多元文化的融合正在成为新理念，同时，多元文化的较量和冲突也在凸显。在这个十分长久的过程中，故乡情结、乡风民俗与具有民族特色的传统文化，这些人类数千年的创造性积淀，为了适应新的要求可能会消减乃至改变其内容、形式，但不会失去其强大的生命力，甚至有可能更加珍贵。因为它们往往渗透到日常生活中，与每个人的体温、气息最合拍，植根于根深蒂固的生命深层，关联于每个人的生命基因。关于故乡、故土、故人、故国的故事，就个体生命的要求而言，是人类无可替代的珍藏秘籍。回到或者借助故乡那些最具体的经验和状态，展开人类的宏大故事，是世界上许多作品成功的奥秘。就尊重和保护人类文化的多样性来说，这方面的作品，应当看作“文化抢救”。

观察和思考家乡与自我内省，为我终生所好。我已是“70后”，故乡这个功课几乎作了几十年。作为学人和作者，我以亲身回乡、精神怀想和知识追索等几种方式，不间断地把解读故乡当作理解人生、认识自己、把握时代和社会发展变化的一个根据和参照。我一直都在写那篇永远写不完的“回故乡记”，故以此题为本书命名。

当然，我知道，忙于各自营生的人们，并不都有时间来考察和思考自己的故土和家乡。我也只是业余所好，已经做的与应该做的远不相称。

值得庆幸和感谢的是，大象出版社与王剑冰先生联手策划编辑此类题材之丛书，我几十年间断断续续写出的几十篇文章，得以集纳成帙，算是对生养自己的故乡作一回报，对我的怀乡之情给以慰藉，同时，为与我一样思乡怀乡的读者朋友贡献一个交流批评的机会。

2016年岁尾于官渡草堂